BENGELCHEN ERKUNDET DIE WELT

GÜNTER SCHMIEDER

GEWIDMET MEINEN ENKELKINDERN
ALISA UND LINUS JUNGWIRTH UND
VIOLETTA UND LEO SCHMIEDER

FÜR DIE LIEBE UNTERSTÜTZUNG UND
BERATUNG GEBÜHRT MEIN BESONDERER DANK
FRAU INGEBORG WÖLFING – BÜTTNER

HERRN FRIEDEL MÖCHTE ICH MEINE
RESPEKTVOLLE ANERKENNUNG FÜR DIE
DURCHFÜHRUNG DES LEKTORATS ZUM AUS-
DRUCK BRINGEN

HERR KUNSTMALER LUMM ZEICHNETE LIEBE-
VOLL DIE TITELSEITE DIESES BUCHES

Günter Schmieder

BENGELCHEN ERKUNDET DIE WELT

Bibliografische Information der Deutschen Nationalbibliothek:
Die Deutsche Nationalbibliothek verzeichnet diese Publikation in der Deut-
schen Nationalbibliografie; detaillierte bibliografische Daten sind im Internet
über http://dnb.dnb.de abrufbar.

© *2013 Name des Autors/Rechteinhabers* **Günter Schmieder**

Illustration: **Günter Schmieder**

Herstellung und Verlag: BoD – Books on Demand, Norderstedt

ISBN: 9 783848 222216

Inhalt

Jeden Morgen, wenn der Mond seine nächtliche Wanderung über den Himmel beendet hat, müde ist und sich zur Ruhe begibt und die Sonne langsam am Horizont emporsteigt, dann beginnt gleich hinter den Wolken ein munteres Treiben.

„Hallo Engelchen!", rufen sie dann von einer Wolke zur anderen, „seid ihr auch schon wach?"

„Aber natürlich", antworten dann die anderen Engelchen, „was glaubt ihr denn, wir haben sogar schon unsere Gesichter gewaschen und die Zähne geputzt."

Und je höher die Sonne am Himmel emporsteigt, umso lauter und lebhafter wird es auf den Wolken.

Die Engelchen singen und scherzen und haben sich so viel davon zu erzählen, was sie in der Nacht geträumt haben, dass man bald nur noch ein wirres Geschnatter hört.

Aber unter den Engelchen, die alle ganz lieb sind, da gibt es auch ein Bengelchen.

Das nennen sie so, weil es immer nur lauter Unsinn im Kopf hat.

Wenn die Engelchen, nach dem Aufwachen, ihre Bettchen machen, ihr Gesicht waschen und die Zähne putzen, dann kriecht das Bengelchen einfach aus seinem Wolkenbett, die Bettdecke bleibt ungelüftet und verwurstelt liegen und Gesicht waschen und Zähne putzen: „Nein, bloß das nicht", sagt Bengelchen und gleich fängt es an die anderen Engelchen zu ärgern.

Wenn es zum Beispiel regnet, dann fängt Bengelchen mit der Hand die Regentropfen auf und spritzt damit die anderen Engel voll.

„Hör auf!", rufen diese dann, „du machst uns ja ganz nass!"

Da aber lacht das Bengelchen nur ganz laut und freut sich, dass es die anderen Engel wieder einmal so richtig ärgern konnte.

Und das Bengelchen ist auch ganz neugierig.

Während die anderen Engel alle ganz brav in ihren Wolken spielen, beugt sich das Bengelchen immer ganz weit über den Rand seiner Wolke, um auf die Erde hinabschauen zu können.

Wenn die anderen Engel das sehen, dann rufen sie: „Pass doch auf, Bengelchen, du wirst noch einmal von deiner Wolke runterfallen!"

Denn obwohl Bengelchen sie immerzu ärgert, wollen sie natürlich nicht, dass ihm mal was Schlimmes passiert.

Bengelchen aber will nicht hören und macht sich sogar noch über die anderen Engel lustig und ruft frech zurück:

„Haltet die Klappe und seid still, das Bengelchen macht immer, was es will!"

Und eines Tages, es herrschte ein ziemlicher Sturm am Himmel, alle anderen Engel hatten sich brav auf ihrer Wolke versteckt und nur Bengelchen beugte sich sogar noch weiter als sonst über den Rand seiner Wolke hinaus, da kam ein riesiger Windstoß und noch bevor sich Bengelchen am Wolkenrand festhalten konnte - hupps -, da hatte der Wind Bengelchen schon von seiner Wolke geweht.

„Hilfe, Hilfe!", rief da das Bengelchen verzweifelt, während es immer schneller fiel, aber natürlich konnte ihm niemand zu Hilfe kommen.

Während die Erde immer näher kam, erinnerte sich Bengelchen an seine Flügel.

Und vorsichtig versuchte es mit seinen Flügeln zu schlagen, und siehe da, langsam wurde der Sturz abgebremst und mit leichtem Flügelschlag glitt das Bengelchen der Erde entgegen.

Unter sich sah es, immer näher kommend, ein großes Gebäude, drum herum Wiesen und Felder und viele, viele Tiere, die es zwar vom Himmel, von seiner Wolke aus, oft schon beobachtet hatte, aber jetzt sahen diese doch ganz anders aus.

Noch ein paar Flügelschläge und, plumps, landete das Bengelchen mitten auf dem Bauernhof.

Bengelchen sah sich umgeben von vielen verschiedenen Tieren, die sofort ein buntes Geschrei anstimmten, denn sie hatten natürlich noch nie einen Engel gesehen.

„Put, put, put" und „miau, miau" und määä, määä, määä" hörte das Bengelchen, denn jedes Tier gab erstaunt und erschreckt Laute von sich.

Und als Bengelchen inmitten der Tierschar so dastand mit seinem nassen und zerknitterten Hemd, rollten ihm die Tränen über die Wangen und es wusste, dass es einen großen Fehler begangen hatte, als es sich, wieder einmal, zu weit über den Rand seiner Wolke gebeugt hatte.

„Wer bist du denn, und woher kommst du eigentlich?", fragten die Tiere.

„Ich bin ein Engel und ich komme dort oben von einer Wolke, ein Windstoß hat mich runtergestoßen."

„Dort oben, von einer Wolke", wunderten sich die Tiere „Das ist doch keine richtige Adresse. Kannst du uns denn nicht sagen, aus welcher Stadt du kommst und in welcher Straße du wohnst?", wollten die Tiere nun wissen.

„Stadt und Straße", antwortete Bengelchen, „das gibt es bei uns nicht. Wir Engel wohnen alle im Himmel und da es bei uns keine Autos, keine Fahrräder und auch keine Motorräder gibt, gibt es bei uns auch keine Straßen.

Bei uns gibt es nur Wolken, die Nummern haben. Ich kann euch also nur sagen, dass ich auf der Wolke Nr. 27 wohne."

„Ach so", antworteten darauf die Tiere, „so ist das also bei euch", und sie freuten sich, dass sie auf diese Weise mal einen richtigen Engel zu Gesicht bekamen, denn bisher hatten sie nur aus Erzählungen von den Engeln gehört, die oben im Himmel wohnen.

Inzwischen hatte sich Bengelchen etwas beruhigt, denn eigentlich waren die Tiere ja alle ganz lieb zu ihm.

Und nun begann es, all die Tiere genau zu mustern, und es wurde sogar schon wieder ein bisschen frech.

„Hey, du bist aber ganz schön fett", sagte es zum Schwein. „Wer bist du denn eigentlich und was machst du denn auf dem Bauernhof?"

„Rchhh rchhhh rchhhhh", antwortete das Schwein, „ich bin ein Schwein und ich muss viel fressen, damit ich richtig fett werde, weil ich dann ganz viel Schinken liefern kann."

„Ach so", antwortete Bengelchen und beugte sich zum Huhn hinab.

„Und du, der du immer mit deinen komischen Füßen im Boden scharrst. Wer bist du denn und warum gräbst du denn immerzu im Boden? Und übrigens musst du dir mal dringend die Zehennägel schneiden, die sind ja viel zu lang."

„Ich bin eine Henne und meine langen Zehennägel sind für mich sogar ganz wichtig, damit ich immerzu im Boden nach Würmern graben kann. Und damit du es weißt, ich lege jeden Tag für die Bäuerin ein Ei, das die Menschen dann essen oder verkaufen können."

„Ein Ei, was ist denn das?", fragte Bengelchen.

„Haha, haha", lachten da die Tiere. „Du weißt nicht einmal, was ein Ei ist. Gibt es denn bei euch im Himmel keine Eier?"

„Weißt du was", sagte das Huhn, „am besten kommst du morgen mal ganz früh in den Stall, wenn ich ein Ei lege, dann kann ich es dir zeigen und erklären."

„Au fein", sagte das Bengelchen, „das will ich gerne sehen."

Bengelchens Blick war inzwischen auf die gefleckte Kuh gefallen, wobei es besonders die langen Hörner interessierten.

„Sag mal, warum hast du denn so lange komische, harte Ohren?"

Da mussten wieder alle Tiere ganz laut lachen, die Kuh aber sagte nur: „Dreh dich mal ein bisschen um, ich muss dir mal was zeigen." Und als sich das Bengelchen umgedreht hatte, da gab ihm die Kuh mit seinen Hörnern einen leichten Stoß in den Po.

„Au!", schrie das Bengelchen, „das tut mir sehr weh, was du mit deinen komischen Ohren machst!"

Die Kuh aber sagte nur: „Bengelchen, vielleicht merkst du jetzt, dass dies nicht meine Ohren, sondern meine Hörner sind, die ich gut gebrauchen kann, wenn mich mal jemand ärgert.

So, und nun will ich dir auch noch sagen, was ich auf dem Bauernhof mache. Den ganzen Tag fresse ich frisches Gras und Kräuter auf unserer Wiese und am Abend und am Morgen kommt dann die Bäuerin mit einem Eimer, um mich zu melken, damit sie meine Milch auffängt."

„Milch, was ist denn das schon wieder?", fragte das Bengelchen ganz erstaunt.

Und wieder mussten die Tiere ganz laut lachen, weil sie sich nicht vor-stellen konnten, dass Bengelchen auch nicht wusste, was Milch ist und dass man Milch trinken kann.

„Am besten wird es sein", sagte die Kuh zu Bengelchen, „wenn du mor-gen ganz zeitig mal zur Bäuerin kommst, dann kannst du der Bäuerin mal zuschauen, wie sie mich melkt, und danach kannst du auch mal ein Glas ganz frische Milch probieren."

Und schon wieder hatte Bengelchen ein neues, ihm unbekanntes Tier entdeckt.

Es war ziemlich groß und machte einen stolzen Eindruck. Seinen schma-len Kopf schüttelte es unaufhörlich hin und her und mit seinem langen, seidig glänzenden Schweif vertrieb es die Mücken, die es um surrten.

„Wihhhhh, wihhhh", schnaubte es laut.

„Du brauchst mich gar nicht erst zu fragen, wer ich bin und was ich auf dem Bauernhof mache", sagte das Pferd zu Bengelchen.

„Komm einfach morgen früh auf die Wiese, dann kannst du dich auf meinen Rücken setzen und ich werde dann mit dir über Felder und Wie-sen galoppieren."

Obwohl Bengelchen natürlich nicht wusste, was „galoppieren" bedeu-tete, antwortete es erfreut: „Au ja, Pferd, ich verspreche dir, dass ich mor-gen ganz früh zu dir auf die Wiese kommen werde."

Inzwischen war schon ganz viel Zeit vergangen und auf einmal wurde Bengelchen ganz traurig, denn es wusste bisher ja nicht einmal, wo es in der Nacht schlafen sollte, und leise fing es an zu weinen.

Dicke Tränen liefen ihm über seine Wangen.

„Bengelchen", fragten die Tiere ganz aufgeregt, „haben wir vielleicht et-was falsch gemacht?"

„Aber nein", antwortete Bengelchen. „Ihr seid ja ganz lieb zu mir, aber ich weiß ja doch noch gar nicht, wo ich heute Nacht schlafen soll."

Da antworteten die Tiere fast gleichzeitig wie im Chor: „Aber Bengel-chen, das ist doch kein Problem, du schläfst natürlich wie wir alle bei uns im Stall."

Und dann führten sie Bengelchen in den Stall und bereiteten ihm aus Stroh ein Lager. Und Bengelchen kuschelte sich in das weiche Stroh, dachte noch, dass es eigentlich genau so bequem war wie in seinem Him-melbett, und in wenigen Minuten schlief Bengelchen schon ganz fest und tief, denn all das, was es heute erlebt hatte, das hatte Bengelchen sehr müde gemacht.

In dieser Nacht schlief Bengelchen wie ein Stein. Und trotzdem war die Nacht erfüllt von tausend Träumen.

Bengelchen sah sich noch einmal auf seiner Wolke sitzen, als plötzlich ein Windstoß es von seiner Wolke herabriss.

Dann sah sich Bengelchen im Traum, wie es auf die Erde zufiel und erst im letzten Moment begann, mit seinen Flügeln zu schlagen und plötzlich wie ein Vogel zu fliegen.

Und natürlich begegneten Bengelchen in seinen Träumen auch noch einmal die vielen, ihm bisher unbekannten Tiere, die es auf dem Bauernhof angetroffen hatte.

Noch war Bengelchen versunken in seinen Träumen, als es ein leichtes Zwicken an seinen Beinchen spürte.

Mühsam öffnete es seine schlaftrunkenen Augen, denn eigentlich war Bengelchen noch ganz müde.

Da hörte es ein deutliches „putt, putt, putt" und sah, dass das Huhn vorsichtig in seine Beinchen pickte.

„Steh auf, Bengelchen, du wolltest doch sehen, wie ich ein Ei lege! Du musst dich beeilen, denn ich kann nicht mehr länger warten!"

Bengelchen wunderte sich, warum das denn so früh am Morgen passieren musste, aber natürlich wollte es auch das Geheimnis um das Ei gelüftet haben.

Während Bengelchen noch am Rande seines Strohbettchens saß und versuchte, den Schlaf aus den Augen zu reiben, war die Henne schon unterwegs zu ihrem Stall und rief immer wieder: „Komm schnell, Bengelchen, denn gleich kommt das Ei!"

Als Bengelchen im Stall der Henne angekommen war, sah es sie in ihrem Nest sitzen.

„Du musst jetzt ganz still sein, du darfst mich nicht stören, denn ein Ei zu legen, ist für mich eine große Anstrengung", sagte das Huhn zu Bengelchen.

Und Bengelchen sah ganz erstaunt und neugierig zu, wie das Huhn so fest drückte, dass sein Kopf dabei ganz rot anlief.

Und auf einmal, Bengelchen blieb vor Erstaunen sein Mund auf, sah es, wie aus dem Hintern des Huhns langsam ein Ei hervorkam. Das Ei war weiß und hatte die Form eines ovalen Balls.

„Plumps", machte es und schon lag das Ei im Nest. „Buuuh", sagte das Huhn, „das war vielleicht wieder anstrengend."

„Darf ich das Ei mal anlangen?", fragte das Bengelchen.

„Aber natürlich", sagte das Huhn, „du musst aber ganz vorsichtig sein, damit es nicht zerbricht, denn die Schale besteht nur aus ganz empfindlichem, dünnem Kalk."

„Danke, liebes Huhn, dass du mir das gezeigt hast", sagte Bengelchen", jetzt weiß ich wenigstens, was ein Ei ist und wie es entsteht.

„Jetzt muss ich aber schnell zur Bäuerin in die Küche, denn sie soll mir ja zeigen, was Milch ist und wo die Milch herkommt.

Ein bisschen ängstlich stand Bengelchen vor der Tür des Bauernhauses und klopfte vorsichtig an.

„Komm nur herein!", antwortete die Bäuerin mit einer warmen, herzlichen Stimme, „ich habe schon gehört, dass wir Besuch auf unserem Bauernhof bekommen haben", sagte die Bäuerin.

Als Bengelchen in die Küche eintrat, sah es eine etwas rundliche Frau mit einem ganz lieben Gesicht, durch das viele kleine Fältchen liefen.

Zwei aufgeweckte Augen blickten Bengelchen an, liebevoll aber auch ein bisschen neugierig.

„Hast du aber ein schönes, buntes Kleid", sagte Bengelchen, „bei uns im Himmel tragen wir alle nur weiße Kleider."

„Oh je", sagte die Bäuerin, das wäre bei uns nichts, denn meine Kinder, die spielen ja den ganzen Tag auf dem Bauernhof, gell, Susi und Maxi?"

Und jetzt erst bemerkte Bengelchen, dass neben dem Herd, auf dem ein Wasserkessel dampfte, auf dem Boden zwei Kinder spielten.

Es waren Susi, 4 Jahre alt, und Maxi, 6 Jahre alt, der bereits zur Schule ging.

„Bengelchen, ich habe ja schon gehört, was du für ein lieber Engel bist. In der Zeit, in der du bei uns auf dem Bauernhof bleiben wirst, kannst du auch Mama zu mir sagen, dann habe ich jetzt eben neben meiner Susi und meinem Max noch ein drittes Kind, nämlich dich, mein Bengelchen."

Da bekam Bengelchen einen ganz roten Kopf und es sagte: „Danke, liebe Mama, dass du so lieb zu mir bist."

„Wie ich gehört habe, willst du mal sehen, was Milch ist und woher sie kommt, also, dann gehen wir am besten gleich mal in den Stall."

Und während die Bäuerin eine große, silbern glänzende Kanne nahm, sagte sie noch zu ihren Kindern: „Macht mir bitte keinen Unsinn und vor allem streitet euch nicht, ich geh´ nur kurz mit Bengelchen in den Stall, um ihm zu zeigen, wie eine Kuh gemolken wird."

Im Stall angekommen, nahm die Bäuerin einen Schemel, stellte ihn neben die Kuh, setzte sich drauf und platzierte die Kanne unter den Bauch der Kuh.

„Was ist denn das?", fragte das Bengelchen als es das dicke Euter der Kuh sah.

„Da hat die Kuh die Milch drin, die ich jetzt gleich herausdrücken werde", erklärte die Bäuerin dem erstaunten Bengelchen.

„Weißt du, Bengelchen, das ist bei uns Menschen ganz ähnlich.

Wenn eine Frau ein Baby bekommen hat, dann bildet sich in ihrer Brust auch Milch; und immer, wenn das Baby Hunger hat, dann legt die Frau ihr Baby an ihre Brust und das Baby kann dann daraus Milch saugen, bis es keinen Hunger mehr hat."

„Oh, das ist ja gut", sagte darauf Bengelchen, „vor allem für die armen Leute, die brauchen ja dann für die Nahrung ihres Kindes gar kein Geld auszugeben."

„Ja, Bengelchen, das hast du ganz richtig gesehen, denn du musst dir auch vorstellen, dass vor ganz langer Zeit, als wir Menschen noch in Höhlen wohnten, es keine Krankenhäuser gab und auch keine Geschäfte, wo unsere Vorfahren hätten Babynahrung einkaufen können, ja da ist das wirklich eine gute Erfindung der Natur."

Inzwischen hatte die Bäuerin angefangen, ganz leicht an den Zitzen des Euters zu ziehen, und auf einmal sah das Bengelchen, wie bei jedem Zug die Milch aus dem Euter in den Eimer spritzte.

„Tut das der Kuh denn nicht weh?", fragte das Bengelchen.

„Aber nein", antwortete die Bäuerin, „im Gegenteil. Wenn die Kuh kein junges Kalb hat, das die Milch saugen würde, dann müssen wir die Kuh sogar melken, weil sie sonst große Schmerzen bekäme." Bengelchen sah, dass schon ganz viel Milch in den Eimer geflossen war, und die Bäuerin sagte dann auch: „So, ich sehe und spüre jetzt, dass die Kuh nun alle Milch gegeben hat. Jetzt können wir wieder zurück in die Küche gehen und dann kannst du gleich mal ein Glas ganz frische Milch trinken."

Susi und Max spielten noch immer ganz friedlich in ihrer Ecke und freuten sich, dass sie nun, wie jeden Morgen, auch ein Glas frische Milch bekämen.

Auch Bengelchen war ganz begeistert, wie gut die Milch ihm schmeckte, und sagte zur Bäuerin:

„Danke, liebe Mama, darf ich jetzt immer gleich am Morgen zu dir kommen, um bei dir ein Glas frische Milch zu trinken?"

„Aber natürlich, komm nur morgen wieder und vielleicht kannst du mir dabei sogar ein bisschen erzählen, wie es denn bei euch im Himmel so zugeht."

„Au wei", sagte das Bengelchen auf einmal, „bist du mir nicht böse, liebe Mama, dass ich dich jetzt gleich verlassen muss? Ich habe nämlich mit dem Pferd ausgemacht, dass wir uns auf der Wiese treffen wollen und ich mal auf dem Pferd reiten darf."

„Nein, nein, geh' nur", sagte die Bäuerin, „aber pass gut auf, dass du beim Reiten nicht runterfällst und dir weh tust!"

Und gerade, als Bengelchen die Küche verlassen wollte, da hörte es Maxi rufen: „Warte, Bengelchen, ich komme mit dir! Vielleicht kann ich dir einiges zeigen, was du noch nicht weißt und kennst."

Und so machten sich Bengelchen und Maxi auf den Weg zur Wiese. Bereits in einiger Entfernung sahen sie, dass das stolze Pferd schon auf sie wartete und unruhig mit den Hufen in der Erde scharrte.

„Na endlich kommst du", wieherte das Pferd, „ich glaubte schon, du hättest unsere Verabredung vergessen."

Da hätte sich der Bauer aber sicher sehr geärgert, denn er kam heute früh extra zu mir, um mir den Sattel anzulegen, nachdem ich ihm gesagt hatte, dass ich mit unserem Gast Bengelchen eine Vereinbarung zu einem frühen Ausritt getroffen hätte."

Da dachte Bengelchen: „Das ist aber lieb vom Bauern, da muss ich mich später bei ihm bedanken."

„Also, dann mach schon und schwing dich auf meinen Rücken!"

Zum Glück konnte Maxi dem Bengelchen erklären, wie man das macht und was man dabei berücksichtigen muss.

„Schau, Bengelchen, das ist gar nicht schwer. Das Pferd hat einen Sattel auf seinem Rücken und du musst dich ganz einfach in den Sattel setzen."

„Komm, ich helf' dir!", sagte Maxi und führte Bengelchens Fuß in den Steigbügel.

„So, und jetzt ziehst du einfach dein anderes Bein nach und schwingst es über den Rücken des Pferdes."

Bengelchen machte es genauso, wie Maxi es gesagt hatte, und schwupps schon saß es im Sattel auf dem Rücken des Pferdes.

„Was muss ich denn jetzt machen?", fragte Bengelchen ängstlich das Pferd.

„Halte ganz einfach die Zügel fest in deinen Händen, ich mach' dann schon alles ganz allein", antwortete das Pferd.

„Du kannst natürlich nicht wissen, wie man ein Pferd richtig reitet. Wenn nämlich ein geübter Reiter auf mir sitzt, dann brauche ich nur seinen körperlichen Befehlen zu folgen. Er kann mir z. B. durch einen einfachen Schenkeldruck zeigen, ob ich nach links oder nach rechts abbiegen soll, oder aber ob der Reiter will, dass ich im Trab laufen oder galoppieren soll.

Weil du aber im Himmel ja noch nie ein Pferd gesehen hast und auch noch nie auf einem Pferd geritten bist, werde ich ganz einfach mal alles so machen, wie es mir gefällt."

Und schon trabte das Pferd los und bei jedem Schritt hoppelte Bengelchen auf dem Rücken des Pferdes auf und ab.

Bengelchen war ganz begeistert, vor allem, weil es von so hoch auf dem Rücken des Pferdes nun alles viel besser sehen konnte. „Na, gefällt es dir?", fragte das Pferd.

„Oh ja!", rief Bengelchen, „das ist toll, das können wir jetzt jeden Tag machen."

Und ohne zu fragen, wechselte das Pferd auf einmal vom Trab in den Galopp.

Bengelchen hoppelte nun so hoch auf dem Rücken des Pferdes, dass es große Schwierigkeiten hatte, sich im Sattel festzuhalten und glaubte sich schon daran erinnert, wie der Windstoß es von seiner Wolke geweht hatte.

„Nicht so schnell!", rief Bengelchen „sonst fliege ich gleich runter."

Und weil das Pferd natürlich nicht wollte, dass Bengelchen sich vielleicht wehtun könnte, ging es wieder langsam in den Trab über.

Noch einige Runden trabte das Pferd über die Wiese und sagte dann zu Bengelchen: „So, Bengelchen, für heute ist`s genug, ich bin jetzt nämlich ganz schön müde."

Und Maxi half Bengelchen wieder vom Pferd abzusteigen und sagte: „Mensch, toll hast du das gemacht, Bengelchen, ich glaub` aus dir kann einmal ein ganz großer Reiter werden."

So viel Lob zu hören machte Bengelchen ganz verlegen und es bekam einen roten Kopf.

Auf dem Weg zurück zum Bauernhof entdeckte Bengelchen noch viele Tiere, die es bisher nicht gesehen hatte, und Maxi musste sie ihm alle erklären.

Als ein Schmetterling vorbeitanzte, wollte Bengelchen ihn mit seinen Händen fangen.

„Nein, Bengelchen, das darfst du nicht machen!", rief Maxi. „Die Flügel des Schmetterlings sind nämlich mit einem ganz feinen Staub bedeckt und wenn du diesen berührst, dann kann der Schmetterling nicht mehr fliegen. Und das willst du doch sicher nicht?"

Und so schaute Bengelchen nur zu, wie der Schmetterling von einer Blume zur anderen flog, sich auf den Blüten niederließ und Nektar naschte.

„Maxi, schau, da brummt so ein komisches Tier, darf ich das mal anfassen?"

„Bloß nicht", sagte Maxi, „das ist eine Biene und die hat einen Stachel und wenn du die Biene anfassen willst, dann ärgert sie sich darüber und sie wird dich mit ihrem Stachel stechen. Ich sage dir, das tut ganz schön weh, du bekommst dann einen ganz dicken Finger und vielleicht musst du sogar zum Arzt gehen."

„Bengelchen, ich habe jetzt eine ganz tolle Idee", sagte Maxi auf einmal. „Wir überraschen unsere Mama und bringen ihr einen großen Blumenstrauß von der Wiese. Darüber wird sie sich sicher sehr freuen."

Und während sie die Blumen pflückten, erklärte Maxi Bengelchen all die Namen der Blumen.

„Das ist eine Schlüsselblume und das eine Margerite und dort eine gelbe Butterblume, ein roter Mohn und eine blaue Kornblume."

Und schon nach kurzer Zeit hatten Maxi und Bengelchen einen großen bunten Blumenstrauß zusammen.

„Ihr seid aber lieb", sagte die Bäuerin, als Maxi und Bengelchen ihr den Blumenstrauß überreichten, „damit habt ihr mir eine ganz große Freude bereitet."

Inzwischen war es schon wieder Abend geworden und die Bäuerin sagte zu Maxi und Bengelchen:

„So, Kinder, jetzt ist es Zeit schlafen zu gehen, morgen ist ja auch wieder ein neuer Tag."

Und als Bengelchen gerade dabei war, sich auf den Weg zu seinem Stalllager zu machen, rief ihm die Bäuerin noch nach: „Bengelchen, ich bin mir sicher, du warst noch nie in einem Kindergarten! Wenn du willst, kannst du morgen Susi begleiten."

„Au fein", antwortete Bengelchen, „da freu` ich mich riesig drauf."

„Da müssen wir aber den Wecker auf 7 Uhr stellen, liebes Bengelchen, damit du nicht verschläfst."

„Den Wecker auf 7 Uhr stellen", fragte Bengelchen ganz erstaunt, „was soll denn das bedeuten, den Wecker stellen'?"

„Ach ja", sagte da die Bäuerin, „das kannst du natürlich nicht wissen, was ein Wecker ist, denn ich kann mir vorstellen, dass es bei euch im Himmel sicher keine Zeitrechnung gibt.

Schau mal, Bengelchen, bei uns auf der Erde ist das nämlich ein bisschen anders.

Wir haben vor ganz vielen Jahren die Zeitrechnung erfunden.

Das bedeutet, dass wir die Zeit einteilen in Jahre, Monate, Wochen und Tage. Die Tage haben wir wieder unterteilt in Stunden, Minuten und Sekunden, wobei wir sagen, dass ein Tag 24 Stunden hat.

Wenn ich dir also sage, dass der Wecker morgen früh um 7 Uhr läuten wird, dann ist dies die 7. Stunde des Tages, weil ein neuer Tag immer um Mitternacht beginnt und es von Mitternacht bis 7 Uhr früh eben 7 Stunden sind."

Nun ja, ganz hatte Bengelchen das nicht verstanden mit der Zeit und warum die Menschen Stunden und Minuten brauchen, aber „Wenn es so ist, dann soll es halt so sein", dachte Bengelchen, kuschelte sich wieder wie ein Kätzchen in sein Strohbettchen und schlief friedlich ein.

Wer weiß schon, wovon Bengelchen gerade geträumt hatte, vielleicht vom Ritt auf dem Pferd oder der Zeiteinteilung der Menschen oder dem bunten Schmetterling, den es auf der Wiese gesehen hatte, jedenfalls wurde es ganz plötzlich von einem großen Krach aus dem Schlaf gerissen.

„rrrrhhhhhhhrrrrr" machte der Wecker unerbittlich Lärm und erinnerte Bengelchen daran, was die Bäuerin gestern gesagt hatte: „Um 7 Uhr wird dich der Wecker wecken."

Wie es die Bäuerin ihm erklärt hatte, drückte Bengelchen schnell auf den großen Knopf am hinteren Teil des Weckers und schlagartig hörte der Wecker auf zu klingeln.

Schnell kroch Bengelchen aus seinem Bettchen und machte sich auf den Weg in die Küche zur Bäuerin, die schon ein Glas frischer Milch für Bengelchen vorbereitet hatte.

„Schön, dass du so pünktlich kommst", sagte die Bäuerin, „mit dem Wecker, das scheint ja gut geklappt zu haben."

„Oh ja", sagte Bengelchen, „das komische Ding hat mich ganz schön erschreckt."

„Bengelchen, was hältst du denn davon, wenn du für den Kindergarten ein anderes Kleidchen anziehen würdest? Du trägst ja immer noch dein weißes Himmelkleidchen. Denn im Kindergarten werdet ihr viele Spiele machen und da würde dein schönes weißes Kleidchen ganz schnell schmutzig werden."

Die Bäuerin führte Bengelchen an einen Schrank mit ganz vielen Kinderkleidern und sagte: „Such dir das Kleidchen aus, welches dir am besten gefällt!"

„Mei, ist das schwer", sagte Bengelchen und schaute ganz fasziniert auf die vielen bunten Kleider. Da gab es welche mit Rüschen, andere hatten bunte Blumenmuster und wieder andere waren ganz lang und gingen Bengelchen fast bis zu den Füßen.

Da die Bäuerin sah, dass sich Bengelchen nicht entscheiden konnte, welches der vielen Kleider es auswählen sollte, denn eins erschien ihm schöner als das andere, fragte sie:

„Bengelchen, willst du, dass ich dir bei der Auswahl helfe?"

„Oh ja, bitte", sagte Bengelchen, „die Kleider sind alle so schön, dass ich gar nicht weiß, welches ich denn nun aussuchen soll."

Mit einem geübten Griff langte die Bäuerin in den Schrank und zog ein ganz liebliches Kleidchen heraus.

Es war zartrosa und aufgedruckt waren viele Schmetterlinge, die über einer bunten Blumenwiese tanzten.

„Gefällt dir das?", fragte die Bäuerin.

„Oh ja, das ist ganz schön und zeigt sogar die Schmetterlinge in allen Farben, die ich bei meinem Spaziergang mit Maxi auf der Wiese gesehen habe."

„Bist du aber hübsch", sagte die Bäuerin, als Bengelchen in das Kleidchen geschlüpft war, „da werden die anderen Kinder im Kindergarten aber ganz schön neidisch sein, wenn sie dich so schön sehen."

Auch Susi war inzwischen fertig und so gingen Bengelchen und Susi, Hand in Hand, in den Hof hinaus, wo der Bauer schon auf sie wartete, denn er würde sie mit dem Traktor in den Kindergarten bringen.

Als die Bäuerin von der Tür aus den beiden Kindern nachsah, dachte sie: „Sind die aber goldig, eigentlich könnten sie ja Schwestern sein."

Hoch auf dem Traktor saßen nun Susi und Bengelchen neben dem Bauern und fuhren in schnellem Tempo über die staubigen Straßen.

Für Bengelchen war die Traktorfahrt ein tolles Erlebnis, denn natürlich hatte es im Himmel noch nie einen Traktor gesehen.

Nach kurzer Fahrt, Bengelchens Haare waren vom Winde ganz schön verweht, hielt der Bauer den Traktor vor einem schmucken kleinen Häuschen an, dessen Fenster alle mit bunten Blumen beklebt waren.

„So, ihr zwei Lieben, wir sind angekommen, seid schön brav und vertragt euch gut mit den anderen Kindern, heute Mittag hole ich euch wieder ab."

Jetzt begann Bengelchens Herz vor lauter Aufregung ganz schnell zu schlagen, denn es war ja zum ersten Mal, dass es einen Kindergarten sehen würde.

Als sie eintraten, kam ihnen gleich die Kindergärtnerin, Frau Sabine, entgegen und sagte: „So, Susi, ich habe schon gehört, dass du uns heute einen Gast mitbringen wirst. Das also ist Bengelchen, euer Besucher vom Himmel." Und sie nahm Bengelchen an der Hand und sagte: „Ich werde dich jetzt zuerst einmal mit all den Kindern bekannt machen, die heute bei uns sind."

Und dann rief sie: „Kinder, kommt mal alle her! Ich will euch jetzt Bengelchen vorstellen.

Also sagt Bengelchen euren Namen, damit Bengelchen weiß, wie es euch rufen soll."

Und die Kinder schauten Bengelchen ganz neugierig an, denn natürlich hatte noch keines von ihnen einen Engel vom Himmel gesehen.

Und dann sagten sie eines nach dem anderen: „Ich heiße Miriam" „und ich Bernd"„ und ich Inga"– alle Kinder nannten ihren Namen.

Bengelchen war ganz verwirrt und dachte: „Das kann ich mir doch beim besten Willen nicht merken, all die vielen Namen".

Frau Sabine, die Bengelchens Gedanken wohl erraten hatte, sagte deshalb zu Bengelchen: „Bengelchen, wenn du dir die Namen der Kinder nicht gleich alle merken kannst, das macht gar nichts, du kannst zu den Kindern auch sagen: „Du – gib mir doch mal!" Da war Bengelchen ganz beruhigt und hörte, wie Sabine jetzt die Kinder zu einem Spiel aufforderte.

„Kinder, wir spielen jetzt Tiere raten. Das geht so:
Ich habe hier ganz viele Kärtchen. Auf jedem Kärtchen ist ein Tier abgebildet. Die Kärtchen legen wir jetzt verdeckt, also mit dem Gesicht nach unten, auf den Tisch. Jedes Kind darf nun der Reihe nach ein Kärtchen aufdecken und es anschauen, um zu erkennen, um welches Tier es sich handelt.

Wenn ein Kind das Tier, das auf seiner Karte abgebildet ist, erkennt, dann bekommt es einen Punkt.

Wenn es aber das Tier nicht erkennt, dann zeigt es das Kärtchen den anderen Kindern, bis ein Kind das Tier richtig erkennt.

Das Kind, das dann das Tier richtig benennt, bekommt nun auch den Punkt.

Wenn ein Kind als Erstes 5 Punkte gesammelt, also 5 Tiere richtig erkannt hat, dann hat es das Spiel gewonnen."

„Also fangen wir jetzt an!"

Das erste Kärtchen, das aufgedeckt wurde, zeigte einen Hund und das erste Kind hatte den Hund auch gleich richtig erkannt und somit einen Punkt gewonnen.

So ging es weiter und die folgenden Kinder erkannten das Pferd, die Kuh, das Schwein und die Gans. Und auch Bengelchen waren alle diese Tiere bekannt, denn es hatte sie ja schon auf dem Bauernhof gesehen.

Auf einmal deckte ein Kind eine Karte auf, auf der ein Löwe abgebildet war, und das Kind konnte den Löwen auch richtig benennen.

Bengelchen aber fragte: „Ein Löwe, was ist denn das? Einen Löwen habe ich auf dem Bauernhof doch noch gar nicht gesehen."

Da mussten alle Kinder natürlich ganz laut lachen.

„Ein Löwe auf dem Bauernhof, der würde doch alle anderen Tiere auffressen."

Da aber unterbrach Sabine die lachenden Kinder und sagte: „Kinder, da dürft ihr Bengelchen doch nicht auslachen. Ich wisst doch, dass Bengelchen vom Himmel kommt, wo es natürlich keine Löwen gibt, und Bengelchen war natürlich auch noch nie in einem Tiergarten!"

Und zu Bengelchen gewandt sagte Frau Sabine: „Schau, Bengelchen, du hast auf dem Bauernhof ja schon ganz viele Tiere kennen gelernt.

Pferde und Kühe, den Esel, das Schwein und die Hühner, die Enten, die Gänse und noch viele andere Tiere.

Neben den Tieren, die auf einem Bauernhof leben, gibt es auf unserer Erde aber noch viele, viele andere Tiere, wie z. B. die Löwen, die in einem anderen Kontinent, in Afrika, in der Savanne leben.

Die Löwen fressen andere Tiere, wie z. B. Zebras oder Kaninchen, und werden deshalb auch Raubtiere genannt."

„Verstehst du nun, liebes Bengelchen, warum ein Löwe nichts auf dem Bauernhof zu suchen hat? Der würde ja die anderen Tiere alle fressen"

„Ach so ist das", sagte darauf Bengelchen, „aber Frau Sabine, woher kennen denn dann die Kinder diese fremden Tiere, die bei uns hier nicht vorkommen?"

„Bengelchen, bei uns auf der Erde gibt es in den großen Städten Tiergärten, wo diese exotischen Tiere, wie zum Beispiel Elefanten, Löwen, Tiger, Giraffen und viele andere gehalten werden. Diese Tiergärten kann man besuchen. Man muss dann an einer Kasse einen Eintritt bezahlen und kann dann alle diese Tiere anschauen."

„Und wir, bei unserem Spiel", sagte Sabine, „wir werden jetzt für unser Bengelchen jedes fremde Tier, das es nicht kennt, erklären, wie es heißt und wo es heimisch ist."

„Aber sag` mal, Bengelchen, macht ihr im Himmel denn nie Spiele?", fragte Sabine.

„Oh doch, "antwortete Bengelchen, „wir machen sogar ein ähnliches Spiel und das geht so:

Wenn der Himmel ganz klar ist und wir am Abend die Sterne hell leuchten sehen, dann spielen wir das Sternespiel.

Wir legen uns ganz bequem in unseren Wolken zurück und schauen den Sternenhimmel an. Einer der Engel zeigt dann mit dem Finger auf einen Stern und wir anderen Engel müssen erraten, um welchen Stern es sich handelt. Und wenn wir richtig geantwortet haben, dann bekommen auch wir, so wie ihr, einen Punkt.

Ich habe sogar schon oft das Spiel gewonnen, weil ich ganz viele Sterne erkannt habe, z. B. den Saturn, die Venus, den Jupiter und den Mars, und ich habe sogar viele Sternbilder, wie z. B. den Großen Wagen oder den Steinbock, richtig erkannt."

Alle Kinder hatten Bengelchen ganz aufmerksam zugehört und sich vorgenommen, zu Hause mit ihren Eltern doch auch mal den Sternenhimmel genau zu beobachten und die Eltern darum zu bitten, dass sie ihnen die Namen der Sterne am Himmel nennen.

Inzwischen war schon wieder ganz schön viel Zeit vergangen und die Kinder fingen an Hunger zu haben.

„Sabine, mir knurrt der Magen", jammerte Miriam und die anderen Kinder riefen jetzt laut: „Uns auch, uns auch!"

„Also gut", sagte Sabine, „dann wollen wir jetzt eine kleine Vesperpause einlegen."

„Ist Cornflakes o.k.?", fragte Sabine und alle Kinder riefen: „Ja, Cornflakes, Cornflakes!"

„Also, Kinder", bat Sabine sie, „dann holt euch mal eure Teller und Löffel aus dem Schrank, und du, Bengelchen, bekommst den Gästeteller und den Gästelöffel."

Im Nu hatten alle Kinder ihre Teller und Löffel auf den Tisch gestellt und Sabine gab nun jedem Kind eine Portion Cornflakes und Milch.

Bevor sie mit dem Essen begannen, fassten sich alle Kinder an den Händen und sagten dann gemeinsam: „Guten Appetit allerseits!"

Dann fingen sie an und löffelten die Cornflakes in ihre hungrigen Münder.

Auf einmal rief Gerdi laut: „Igittigitt, igittigit, schaut euch mal Bengelchen an, wie es isst!"

Und alle Kinder sahen nun, dass das Bengelchen nicht seinen Löffel benutzte, sondern einfach mit den Händen in den Teller langte und die Cornflakes in den Mund stopfte.

„Das ist meine Schuld", rief Sabine, „ich hätte Bengelchen vorher zeigen müssen, wie man mit einem Löffel isst. Ich nehme doch an, dass ihr im Himmel nicht mit Löffeln und Gabeln und Messern esst." Und sie sagte zu Bengelchen:

„Schau, Bengelchen, du brauchst nur den Löffel in die Hand zu nehmen, den Löffel in den Teller einzutauchen und die Cornflakes, die du auf deinen Löffel gebracht hast, nun in deinen Mund zu führen. Das hat auch den Vorteil, dass dabei deine Hände ganz sauber bleiben." Nachdem Bengelchen anfangs noch etwas Mühe hatte, es richtig zu machen, weil die Cornflakes immer vom Löffel rutschten, klappte es nach einiger Zeit schon ganz gut, sodass Bengelchens Lätzchen kaum mehr vollgekleckert war.

„Bravo, Bengelchen, das hast du ja ganz schnell und gut gelernt, jetzt weißt du auch, wie man mit einem Löffel richtig isst. Und beim nächsten Mal lernen wir dann, wie man ein Messer und die Gabel richtig gebraucht."

„So, liebe Kinder, was haltet ihr denn davon, wenn wir uns jetzt wieder ein bisschen bewegen und Verstecken spielen?

Zuerst aber trägt jeder seinen Teller und Löffel in die Küche und stellt sie ins Spülbecken."

Da alle Kinder sehr gerne Verstecken spielten, war der Tisch im Nu leer und sie stellten sich auf, um das Spiel zu beginnen.

„Bengelchen, da ich mir vorstellen kann, dass ihr im Himmel das Versteckspiel nicht kennt, will ich dir kurz die Regeln erklären. Es ist ganz einfach.

Wie schon der Name „Versteckspiel" verrät, bedeutet das, dass sich alle Kinder irgendwo im Kindergarten verstecken müssen und ein Kind sie suchen soll.

Damit das Kind, das die anderen suchen muss, nicht sieht, wo sich die Kinder verstecken, werden diesem Kind die Augen verbunden. Ich zähle dann bis drei. Dann darf das Kind die Binde von den Augen nehmen und mit der Suche nach den anderen Kindern beginnen.

Das Kind, das als erstes entdeckt wird, ist dann das Kind, das als nächstes suchen muss."

„Mogeln ist aber verboten", sagte Sabine, „denn manche Kinder meinen ganz schlau zu sein und versuchen etwas unter der Augenbinde vorzublinzeln, während ich bis drei zähle, dann können sie nämlich sehen, wo sich die Kinder verstecken.

Also, fangen wir an. Gestern war ja Birgit das Mädchen, das zuerst entdeckt wurde, weshalb Birgit heute das erste Mädchen ist, dem die Augen verbunden werden und das dann versuchen muss, möglichst schnell eines der versteckten Kinder zu finden.

Also, Birgit, komm mal her zu mir, damit ich dir die Augen verbinden kann."

Birgit stand neben Sabine, als diese langsam zu zählen begann:
„Eiiiiins, zweeeii, dreeiii."

Während die Kindergärtnerin zählte, huschten alle Kinder davon und jedes Kind suchte sich ein gutes Versteck. Gerdi duckte sich unter den Tisch, Peter krümmte sich hinter den Vorhang, Paula legte sich flach auf den Boden hinter dem Sofa. Jedes Kind hatte sein Versteck gefunden, als Sabine sagte: „Also, Birgit, jetzt such mal schön!"

Birgit legte die Augenbinde ab, der Kindergarten wirkte wie verlassen und kein Ton war zu hören. Birgit blieb einfach ganz ruhig stehen und beobachtete ganz genau den Raum. Sie dachte: „Na, ich muss nur Geduld haben, denn eines der Kinder wird sich schon mal bewegen oder muss mal niesen oder husten."

Eine ganze Minute verging und nichts passierte, doch auf einmal sah Birgit wie sich der Vorhang bewegte. Da wusste sie, dass sich ein Kind hinter dem Vorhang versteckt hatte.

Mit einem Ruck zog Birgit den Vorhang zurück und sagte: „Peterle, ich hab dich."

Peterle schimpfte laut: „Das ist gemein, schon wieder ich, bald spiel' ich nicht mehr mit, weil ihr immer mich als Ersten entdeckt."

Als die anderen Kinder hörten, dass Peterle entdeckt worden war, kamen sie alle lachend aus ihren Verstecken hervor und riefen schadenfroh: „Peterle, Pech gehabt, du musst jetzt suchen, du bist dran!"

Und nun nahm Sabine Peterle an der Hand, verband ihm die Augen und begann zu zählen.

Und, husch, husch, wieder sausten alle Kinder los in ihr gutes Versteck. Bengelchen glaubte ein ganz tolles Versteck gefunden zu haben und stellte sich hinter die halb geöffnete Tür.

„Dreeeiii!", rief Sabine und Peterle nahm die Binde von den Augen.
Langsam ging er im Zimmer auf und ab und überlegte, wo sich die Kinder denn versteckt haben könnten, denn natürlich kannte auch Peterle all die guten Verstecke im Raum.

Und siehe da, plötzlich sah er, wie hinter der halb geschlossenen Tür eine Flügelspitze hervorlugte, und sofort wusste er: Dort versteckt sich Bengelchen.

Leise schlich er sich an die Tür ran und mit einem Ruck zupfte er an Bengelchens Flügel.

Bengelchen schrie laut auf, denn Peterle hatte ihm eine Feder aus dem Flügel gerissen. Stolz hielt Peterle die Feder in der Hand und hüpfte damit durchs Zimmer und rief: „Klasse, seht mal alle her, was ich habe, damit kann ich mir einen tollen Indianerkopfschmuck machen!"

Bengelchen aber weinte bitterlich, sodass Sabine richtig böse auf Peterle wurde.

„Peterle, du Unfugmacher, du kannst doch Bengelchen nicht einfach eine Feder aus dem Flügel reißen, das tut ihm doch sehr weh."

Und zu Bengelchen sagte Sabine: „Weißt du, Bengelchen, ich hab` schon gehört, dass du im Himmel unter all den braven Engeln auch derjenige warst, der immer ein bisschen Unsinn getrieben hat, weshalb du ja auch Bengelchen und nicht Engelchen genannt wirst.

Bei uns im Kindergarten ist das sehr ähnlich, da haben wir auch ganz brave Kinder, aber auch so einen Jungen wie Peterle, der immerzu sucht, welchen neuen Unsinn er anstellen kann.

Heute aber ist Peterle eindeutig zu weit gegangen, weshalb ich ihn schon bestrafen muss, damit er es sich merkt, dass er so etwas nicht noch einmal machen darf. Ich werde Peterle deshalb jetzt vom Spiel ausschließen. Er darf für den Rest des Vormittags nur noch zusehen, während die anderen Kinder spielen."

Bengelchens Schmerz hatte schon etwas nachgelassen und als es hörte, dass Peterle bestraft werde sollte, da sagte Bengelchen zu Sabine:
„Sabine, es geht mir schon wieder viel besser und es ist auch wirklich nicht schlimm, weil die Feder in ein paar Tagen nachgewachsen sein wird. Und ich bin mir ganz sicher, dass Peterle das auch nicht mit Absicht gemacht hat. Bitte, tun Sie Peterle deshalb nicht bestrafen und lassen Sie ihn weiter mit uns spielen."

„Na gut", sagte Sabine, „aber Peterle, du musst dich schon für deinen Unsinn bei Bengelchen entschuldigen."

Da ging Peterle rüber zu Bengelchen, gab ihm einen Kuss auf die Backe und sagte:

„Bitte entschuldige, Bengelchen, ich wollte dir wirklich nicht wehtun, und vielen Dank, dass du dich für mich bei Sabine eingesetzt hast, sodass ich mit euch weiter spielen darf. Das ist ganz lieb von dir."

Und mit diesen Worten drückte er Bengelchen die etwas zerzupfte Feder in die Hand.

Mit all den Spielen und Aufregungen war die Zeit so schnell vergangen, und es war Bengelchen gar nicht aufgefallen, dass es inzwischen schon Mittag geworden war und die ersten Eltern kamen, um ihre Kinder abzuholen.

Es dauerte auch nicht lange, bis auch der Bauer mit seinem Traktor vor dem Kindergarten stand, um Bengelchen und Susi abzuholen.

Beim Abschied rief ihnen Sabine noch nach:

„Na, Bengelchen, hat dir der erste Tag im Kindergarten gefallen?"

„Oh ja, sehr sogar und ich würde jetzt gerne jeden Tag zu dir kommen, liebe Sabine!"

„Gerne", antwortete Sabine, „du bist ein ganz liebes Kind, oder sagen wir mal, du bist ein ganz lieber Engel und du passt gut zu meinen anderen Kindern. Ich freu` mich schon darauf, wenn du morgen wiederkommst."

Über Stock und Stein ging die wilde Traktorfahrt nach Hause, wo die Bäuerin schon auf Bengelchen und Susi wartete.

„Gell, Bengelchen, das ist schön im Kindergarten? Ich hab` mir schon gedacht, dass dir das gut gefallen wird.

Nun, ihr Lieben, ich bin ganz sicher, dass ihr aus dem Kindergarten einen Riesenhunger mitgebracht habt.

Ich habe euch einen großen Teller mit Gemüse vorbereitet und wünsche euch nun einen guten Appetit. Und du, liebes Bengelchen, kannst mir jetzt mal zeigen, wie gut du schon gelernt hast mit Messer, Gabel und Löffel zu essen".

„Also, dann lasst es euch mal gut schmecken!"

„Bengelchen, wie du inzwischen ja gesehen hast, können wir Menschen vier ganz wichtige Dinge, die uns z. B. von den Tieren unterscheiden.
Wir können sprechen, lesen, schreiben und rechnen.
Das war aber nicht immer so, denn das mussten wir im Laufe unserer Existenz auf der Erde erst erlernen.
Früher, als wir die Zahlen noch nicht erfunden hatten, betrieben wir Tauschhandel.
Das funktionierte so: Wenn einer unserer Vorfahren, also einer der Urmenschen, einen Apfel geerntet hatte und er dafür Nüsse haben wollte, dann sagte er zu seinem Partner: „ Ich gebe dir den Apfel und ich will dafür deine Nüsse."
Bei diesem Tauschgeschäft gab es dann aber immer Streit über„ ZU VIEL ODER ZU WENIG!
Um dieses Problem zu lösen, haben unsere Urahnen dann die Zahlen erfunden. Das ging zuerst so:
Sie haben einen Ast genommen und diesen in kleine Stücke gebrochen.
Diese haben sie dann nebeneinander auf den Boden gelegt und Zahlen zugeordnet.
1 Stück Zweig war also 1, 2 Stücke Zweige waren 2 usw.
Von da an konnten sie also bei ihrem Tauschgeschäft sagen: Du gibst mir einen Apfel und ich gebe dir dafür 5 Nüsse.
Das war natürlich ein großer Fortschritt, denn nun konnten sie das ZU VIEL ODER ZU WENIG mit Zahlen begründen.
Nun aber mussten sie ihre Rechenkünste noch weiter ausbauen und das Addieren, also Zusammenzählen, und Subtrahieren, also das Abziehen der Zahlen, erlernen.
Sie waren sich nämlich oft bei ihren Tauschgeschäften nicht einig.
Wenn der Partner nämlich mit dem Tauschgeschäft 1 Apfel gegen 5 Nüsse nicht zufrieden war, dann sagte er früher, ich will „MEHR"!
Wenn er aber sagte: Ich will, dass du mir für den Apfel nicht 5, sondern 7 Nüsse gibst, dann wusste sein Partner, dass er 2 Nüsse mehr geben sollte, wenn er den Apfel haben wollte.

Neben dem Addieren und dem Subtrahieren lernten unsere Vorfahren dann bald auch noch das Multiplizieren, das Malnehmen, und das Dividieren, das Teilen von Zahlen.

In der Schule müssen unsere Kinder heute natürlich auch das Multiplizieren und Dividieren lernen, was für die meisten von ihnen etwas schwerer ist als das Addieren und Subtrahieren.

Auch mit unserer Sprache, mit der wir Menschen uns heute verständigen, war es ähnlich."

Das kann man übrigens auch im Tiergarten beobachten.

Da kannst du hören, dass die Tiere, also die Affen, die Löwen, die Vögel und fast alle anderen Tiere, immerzu irgendwelche Laute von sich geben. Das ist ihre Sprache. Mit ihr können sie sich verständigen, wenn z. B. Gefahr droht oder wenn sie sich sagen wollen, dass sie sich lieb haben oder aber natürlich auch, wenn sie miteinander streiten.

Vor ganz, ganz vielen Jahren war das bei uns Menschen genauso.

Auch wir haben solche Laute von uns gegeben.

Wir haben aber im Lauf der Zeit gelernt, dass wir mit unseren Lauten bestimmte Zuordnungen festlegen müssen, damit wir mit unseren Mitmenschen kommunizieren können, sodass sie verstehen, was wir ihnen sagen wollen.

Also haben wir gesagt: HUNGER, wenn wir etwas essen wollten, oder ACHTUNG, wenn wir vor einer Gefahr warnen wollten.

Nachdem wir also gelernt hatten, dass wir für unsere Bedürfnisse bestimmte Worte gebrauchen mussten, kam aber bereits das nächste Problem, das wir zu lösen hatten.

Wir mussten nämlich beim Aussprechen der Laute ganz genau unsere Lippen beobachten, um daraus Buchstaben zu entwickeln.

Wir gaben diesen dann Namen wie A, B usw. und bildeten so das Alphabet mit den Buchstaben.

Und wieder gingen wir einen Schritt weiter, indem wir nun verschiedene Buchstaben aneinanderreihten und somit Wörter bildeten.

So also entstand die Sprache, die wir heute sprechen und die wir von unseren Eltern lernen."

„Sprechen denn alle Menschen auf der Erde die gleiche Sprache?", wollte Bengelchen nun wissen.

„Bengelchen, diese Frage zeigt mir, dass du ganz gut aufgepasst hast, was ich dir gerade erklärt habe. Es ist nämlich so, dass fast in jedem Land der Erde eine andere Sprache gesprochen wird und es auch ganz viele unterschiedliche Schriften gibt.

Die Entwicklung, dass Menschen gelernt haben sich über eine Sprache zu verständigen und durch Schriften zu kommunizieren, fand nämlich unabhängig voneinander in allen Erdteilen der Welt statt.

Dies ist auch der Grund, weshalb auf dem Stundenplan unserer Kinder auch das Fach FREMDSPRACHEN steht.

Das heißt die Kinder lernen in der Schule auch eine oder mehrere andere Sprachen. Somit können sie dann, wenn sie in ein anderes Land reisen oder Menschen von anderen Ländern unser Land besuchen, mit Hilfe dieser Fremdsprache miteinander sprechen.

Heute ist Englisch die Sprache, mit der sich die meisten Menschen in der Welt untereinander verständigen können.

Also, liebes Bengelchen, du siehst, dass wir in der Schule ganz schön viele Dinge lernen müssen, also Rechnen, Schreiben, Lesen, eine oder mehrere Fremdsprachen, aber das ist immer noch nicht alles.

Ganz interessant ist nämlich auch das Fach GEOGRAPHIE.

„Geographie, das ist aber ein ganz komischer Name, was ist denn Geographie?"

„Zu Geographie, Bengelchen, kannst du auch „Erdkunde" sagen.

„Schau, Bengelchen, wenn du von deiner Wolke zu uns runter auf die Erde schaust, dann siehst du eine Kugel, die sich langsam um die eigene Achse dreht.

Diese Kugel nennen wir Erde.

Wenn du ganz genau hinsiehst, dann wirst du auf dieser Kugel viele verschiedene Farben erkennen.

Braun z. B. sind die Teile der Erde, die aus Festland bestehen, z. B. wo die Erde mit Gebirgen und Landflächen bedeckt ist.

Dann siehst du ganz viel Blau, denn der größte Teil unserer Erde ist von Wasser bedeckt.

Das sind die Weltmeere. Davon gibt es 5:

das Südpolarmeer, das Nordpolarmeer, den Atlantischen Ozean, den Pazifischen Ozean und den Indischen Ozean.

Wir lernen im Geographieunterricht aber auch die Namen der 6 Kontinente.

Dies sind:

Die Antarktis, Australien, Afrika, Europa, Asien und Amerika.

Diese Kontinente sind aber ganz unterschiedlich.

So z. B. gibt es in Afrika ganz große Flächen, wo niemand wohnt, weil diese Gebiete zu trocken sind; man nennt das die Wüsten.

In Südamerika wiederum gibt es riesige Gebiete, die nur von Wäldern bedeckt sind, man nennt diese Urwälder, und in Asien wiederum gibt es sehr viele hohe Gebirge.

Dort gibt es auch einen Berg, den Mount Everest. Dies ist der höchste Berg auf Erden und er ist mehr als 8000 Meter hoch.

Ein Kontinent, der sich von allen anderen unterscheidet, ist die Antarktis, denn dieser Kontinent ist fast ganz mit Eis bedeckt.

Neben den Kontinenten und den Weltmeeren lernen wir im Geographieunterricht aber noch viele andere Dinge, wie z. B. die Namen der Länder, die Namen der großen Städte und Flüsse."

„ Das alles ist ja ganz interessant. Das alles habe ich natürlich nicht gewusst, als ich von meiner Wolke auf die Erde herabgeschaut habe.

Nun verstehe ich aber etwas überhaupt nicht.

Ich bin doch von meiner Wolke auf die Erde herabgefallen, als ich mich zu weit über den Rand meiner Wolke gebeugt habe.

Warum fällt denn die Erde, die ja ganz frei im All schwebt, nicht auch nach unten?"

„Bengelchen, das ist eine ganz schwierige Frage und ich kann sie dir auch nicht genau beantworten. Unser Planet, die Erde, wird von unserer Sonne angezogen.

Sie stürzt aber nicht auf die Sonne, weil die Fliehkraft der Erde dies verhindert.

Das Gleiche gilt übrigens auch für einen Satelliten, der ganz schnell um unsere Erde herumfliegt."

„Ein Satellit, was ist denn das?"

„Bengelchen, du sollst wissen, dass wir Menschen immer noch nicht ganz begriffen haben, wie wir eigentlich entstanden sind, wo wir genau herkommen und wie unsere Erde, die wir bewohnen, entstanden ist.

Es gibt also noch ganz viele Fragen, worauf wir keine Antworten haben.

Wir Menschen sind aber ganz neugierig und bemühen uns, die noch offenen Fragen nach und nach beantwortet zu bekommen.

Wir nennen das Forschen.

Deshalb bastelten unsere Wissenschaftler, das sind ganz gescheite Menschen, die in der Schule und später in der Universität ganz viel gelernt haben, Raketen und schossen diese in den Himmel in eine Umlaufbahn um die Erde. Diese Raketen nahmen Kapseln mit technischen Geräten mit und diese heißen Satelliten.

Ja, man hat es sogar schon geschafft, solche Raketen zum Mond zu schicken.

Die Raketen haben ganz viele Messinstrumente an Bord und können auch Foto - und Filmaufnahmen machen und diese dann per Funk an die Labors der Wissenschaftler senden.

So wissen wir z. B. heute schon, dass es auf manchen Planeten so heiß oder so kalt ist, dass dort Leben nicht möglich wäre.

Sie haben aber auch herausgefunden, dass es ganz, ganz weit, Millionen Lichtjahre von der Erde entfernt, Planeten gibt, wo sogar Wasser vorkommt.

Und die Wissenschaftler glauben, dass auf Planeten, wo es Wasser gibt, sogar Leben existieren könnte.

Bengelchen, eine Frage, die uns Menschen schon immer sehr beschäftigt, ist nämlich die Frage, ob wir Menschen allein im Universum sind oder ob es vielleicht irgendwo noch anderes Leben gibt, also Menschen, Tiere und Pflanzen.

Da diese Planeten, auf denen theoretisch Leben existieren könnte, aber so weit entfernt sind, dass wir diese wohl nie erreichen werden, werden wir auf unsere Frage wahrscheinlich nie eine Antwort bekommen.

Ich versuche dir das mal an einem Rechenbeispiel zu erklären, denn du hast jetzt ja schon gelernt, dass man mit Mathematik fast alles berechnen kann.

Wir Menschen haben auf der Erde eine durchschnittliche Lebenserwartung von 80 Jahren.

Wenn wir uns von einer Stelle zu einer anderen bewegen, dann tun wir dies in einer bestimmten Geschwindigkeit.

Wenn wir uns mit Lichtgeschwindigkeit, also 300 000 km in der Sekunde, vorwärts bewegen würden, bräuchten wir immer noch 100.000 Jahre, um sie zu erreichen.

Da wir aber nur ca. 80 Jahre leben, wird es also nie möglich sein diese Reise zu unternehmen.

Vielleicht ist es so, dass der liebe Gott es so eingerichtet hat, dass wir Menschen die Fragen, wo wir herkommen, nie werden ganz beantworten können, dass dies also für immer eine Frage bleiben wird, die nur Gott beantworten kann."

„Willst du mitkommen, Bengelchen, ich gehe heute in den Supermarkt einkaufen?", fragte die Bäuerin Bengelchen.

„Einkaufen im Supermarkt. Was ist denn das?"

„Schau, Bengelchen, was du heute zum Frühstück gegessen hast, also Brot, Honig, Äpfel, Bananen, das muss doch irgendwo herkommen. Da gibt es nämlich in den Städten große Geschäfte, wir nennen sie Supermärkte, die all das anbieten, was wir für unser tägliches Leben brauchen. Also Lebensmittel, aber auch Seife, damit wir uns immer unsere Hände sauber waschen können, Reinigungs- und Waschmittel, Hunde – und Katzenfutter, Kerzen und noch vieles mehr.

In den Supermärkten können wir aber auch das ganze Jahr über z. B. Bananen und andere Südfrüchte kaufen, die bei uns ja nicht wachsen.

Diese exotischen Früchte werden in anderen Kontinenten, wie z. B. in Afrika, Südamerika oder Asien, angebaut, geerntet und dann auf ganz großen Schiffen, manchmal sogar mit dem Flugzeug, zu uns gebracht, man nennt das Importieren.

Das hat zwei Vorteile.

Erstens können wir das ganze Jahr über auch Früchte kaufen und essen, die bei uns nicht wachsen, und zweitens verdienen dann die Bewohner dieser meist armen Kontinente auch etwas Geld, damit auch sie sich Nahrung und Kleidung kaufen oder das Schulgeld für ihre Kinder bezahlen können."

„Und die anderen Sachen, z. B. die Putzmittel, die Kosmetika und all die vielen anderen Waren, kommen die auch alle aus den Drittländern?"

„Nein, Bengelchen, diese Waren kommen meist aus Fabriken in Deutschland, Europa oder aus Amerika."

„Was ist eine Fabrik?"

„Eine Fabrik ist ein große Halle und darin stehen viele Maschinen, die von Arbeitern bedient werden.

Es werden in diesen Fabriken Rohstoffe be- und verarbeitet, bis daraus ein Endprodukt, z. B. ein Reinigungsmittel, entsteht.

Dann wird dieses Reinigungsmittel aus dem großen Kessel, in dem es hergestellt wurde, mit einem Abfüllautomaten in Flaschen abgefüllt und mit wieder einem anderen Automaten in Kartons verpackt. Anschließend werden all diese Kartons mit einem Förderband zu einer Packstelle befördert und auf Paletten geschlichtet und mit einer Plastikfolie umhüllt.

Regelmäßig bestellt der Supermarkt bei der Fabrik die Artikel, die er braucht, weil er die Vorräte verkauft hat, und bekommt sie dann geliefert."

„Mama, du hast gerade gesagt, dass alle Arbeiten von Maschinen erledigt werden, gibt es denn dann noch genug Arbeit für die Menschen?"

„Bengelchen, das ist eine ganz gescheite Frage.

Weißt du, früher mussten die Menschen alle Arbeiten mit ihren Händen verrichten.

Dann kam die Industrielle Revolution und auf einmal konnten viele der einfachen Arbeiten von Maschinen erledigt werden.

Dadurch verloren viele Menschen, die die einfachen Arbeiten bisher erledigt hatten, ihre Beschäftigung; gleichzeitig aber entstand ein großer Bedarf an Arbeitskräften, die die Maschinen bedienen konnten.

Diese Menschen mussten besser ausgebildet sein, das heißt sie mussten in den Schulen mehr Mathematik, Chemie, Physik lernen und wissen, wie man die neuen Maschinen bedient.

In Zukunft wird sich diese Entwicklung weiter fortsetzen, ja sogar noch beschleunigen, denn in einigen Jahren wird es viele der heute noch ausgeübten Berufe gar nicht mehr geben.

Ich denke da z. B. an Briefträger, an Schreibkräfte in Büros, an Straßenbahn- und Zugschaffner oder aber an die Kassiererinnen in den Supermärkten."

„Was macht denn eine Kassiererin im Supermarkt?"

„Bengelchen, schau, alle Sachen, die wir im Supermarkt einkaufen, legen wir in einen Einkaufswagen und wenn wir alles gefunden haben, was wir kaufen wollten, fahren wir mit diesem Wagen an die Kasse.

Dort sitzt eine Dame oder ein Herr, die Kassiererin oder der Kassierer, und rechnet mit einer automatischen Kasse alles zusammen und sagt uns dann, wieviel Geld wir dafür bezahlten müssen."

„Geld, was ist denn Geld?"

„Bei uns in den meisten europäischen Ländern heißt das Geld EURO und es gibt Geldscheine von 5 – 500 Euros und Münzen im Wert von 1, 2, 5, 10, 20, 50 Cent und 1- und 2- Euro-Münzen.

Das Geld, das heute in allen Ländern der Erde existiert, natürlich in unterschiedlichen Währungen, wie Dollar, Yen, Rubel und vielen anderen Namen, hat den Tauschhandel unserer Vorfahren abgelöst. Aber auch das heute übliche Geld wird in Zukunft nicht mehr weiter existieren.

Heute schon gibt es viele Möglichkeiten der bargeldlosen Zahlung z. B. mit Kreditkarten, durch elektronische Überweisungen, um nur einige Möglichkeiten zu benennen, die das Bargeld in Zukunft ersetzen werden.

An diesen Entwicklungen siehst du, liebes Bengelchen, dass wir auf unserer Erde in einem ständigen Fortschritt leben und es deshalb so wichtig ist, dass unsere Kinder in der Schule gut aufpassen, damit sie später die Berufe ergreifen können, die auch in Zukunft noch gebraucht werden."

„Liebe Mami, heute muss ich dich mal was fragen, wofür ich keine Erklärung habe", sagte Bengelchen zu seiner Mama.

„Also, Bengelchen, was verstehst du denn nicht?"

„Mami, manchmal, wenn ich von meiner Wolke auf die Erde hinabsehe, dann kann ich die Erde gar nicht erkennen, dann ist sie bedeckt von einem dunklen, grauen Schleier."

„Bengelchen, was du an, ansprichst, ist ein ganz großes Problem, das uns Menschen heute immer mehr beschäftigt.

Bengelchen, um das zu verstehen, muss ich ein bisschen weit in die Vergangenheit gehen.

Du musst wissen, dass die Welt seit ungefähr 4 Milliarden Jahren besteht, das ist eine lange, lange, sehr lange Zeit.

Begonnen hat alles Leben im Meer.

Vor vielen Millionen Jahren entstand einmal in einem der Ozeane eine erste Zelle und daraus entwickelten sich, im Laufe von Millionen Jahren erste Pflanzen und Lebewesen, Fischlein, Krebse, Amphibien, also immer größere Tiere.

Die Entstehung des Lebens vollzog sich im Wasser, bis dann, wieder einige Millionen Jahre später, einzelne dieser Lebewesen das Wasser verließen und sich aufs Land wagten.

Dort entwickelten sich einige zu Lebewesen, die wir als Vorfahren der Menschenrasse betrachten.

Es gab einen Forscher mit dem Namen Darwin, der durch langjährige Untersuchungen herausgefunden hat, dass wir direkte Nachkommen der Affen sind und uns schließlich zum Menschen, der wir heute sind, entwickelt haben.

Während uns unsere Religionen lehren, dass wir Menschen von Gott erschaffen wurden, lehrte Darwin, dass wir Menschen entstanden sind in einer Jahrmillionen währenden zufälligen Entwicklung.

Inzwischen sind sich zwar Gläubige und Atheisten einig, dass alles Leben mit einer einzigen Zelle im Meer begann.

Die Christen aber glauben, dass auch diese erste Zelle Gottes Werk entsprach.

Unsere Vorfahren lebten als Jäger und Sammler.

Um sich zu ernähren, sammelten sie vor allem Pflanzen und jagten Tiere, die sie dann roh aßen, bis zu dem Zeitpunkt, als sie gelernt hatten, das Feuer zu nutzen und bemerkten, dass gebratenes Fleisch besser als rohes schmeckte.

Mit diesen Holzfeuern, auf denen sie das Fleisch brieten, entstand eigentlich zum ersten Mal eine erste kleine Umweltbelastung, denn natürlich wurden durch die Feuer Rauch und Abgase freigesetzt.

Diese Verunreinigungen der Luft waren aber so unbedeutend, dass die Natur daran keinen Schaden nahm.

Auch als sie später gelernt hatten, dass man mit Feuer Metall aus dem Gestein schmelzen konnte, Metall, das sie zur Herstellung erster Werkzeuge und Waffen brauchten, waren die schädlichen Auswirkungen auf die Umwelt noch ganz gering.

Die Entwicklung aber schritt weiter fort und mit den stetig wachsenden Erfahrungen unserer Vorfahren lernten sie Kohle als Brennstoff einzusetzen, und sie betrieben in größerem Umfang Landwirtschaft.

Vom Nomadendasein, das heißt vom Umherziehen müde geworden, begannen sie auch sich dort anzusiedeln, wo sie fruchtbare Böden, Wasser und ausreichend Tiere zum Jagen fanden.

Dies bedeutete, dass sie nun große Waldflächen roden mussten und ständig mehr Holz als Baumaterial benötigten.

Durch diese Entwicklung begingen sie zwar unbewusst, trotzdem aber auch zum ersten Mal Sünden an der Natur.

Die wirklich große Beeinträchtigungen der Umwelt begannen aber erst vor nicht allzu langer Zeit mit dem Aufkommen der Industrialisierung.

Die Industrialisierung nahm ihren Anfang vor ca. 200 – 300 Jahren und stellt bis heute einen der bedeutendsten Einschnitte in unserer Menschheitsgeschichte dar.

Bis zur Industrialisierung wurden nämlich fast alle Gegenstände, die wir zum Leben brauchten, in der Landwirtschaft oder dem Handwerk mit den Händen hergestellt.

Eine ganz wichtige Erfindung, die schließlich zur Industrialisierung und später zur Massenproduktion und der nachfolgend daraus resultierenden Umweltverschmutzung führte, war die Erfindung der

Dampfmaschine.

Dies war ein großer Fortschritt in unserer Entwicklungsgeschichte, leider aber auch der Beginn der ersten großen Umweltverschmutzung.

Die Dampfmaschinen und mit ihnen dann die Eisenbahnlokomotiven wurden nämlich mit Kohle betrieben.

Dies bedeutete, dass Kohle in immer größerem Ausmaß abgebaut werden musste.

Vor allem aber, dass bei der Verbrennung von Kohle ein Gas mit dem Namen Kohlenstoffdioxid, abgekürzt nennen die Chemiker dieses Gas CO_2, freigesetzt wurde.

Das Gas ist zwar für uns Menschen nicht giftig, trotzdem aber schädigt es teilweise unsere Umwelt.

Es führt nämlich dazu, dass es zu einer Übersäuerung der Ozeane kommt und dadurch alle Lebewesen im Meer, also alle Pflanzen und Tiere geschädigt werden, vor allem aber verursacht es eine ständig ansteigende Temperatur auf der Erde.

Unsere Wissenschaftler wissen es immer noch nicht genau, sie glauben aber fest daran, dass diese gestiegenen Temperaturen auf der Erde verantwortlich sind für die immer häufiger auftretenden Wirbelstürme, Tornados und Überschwemmungen, die es in den letzten Jahren gab und die verursacht oder zumindest stark beeinflusst wurden von den großen Mengen an freigesetztem Kohlenstoffdioxid.

Nun, Bengelchen, die Erfindung der Dampfmaschine und der Lokomotiven war aber erst der Beginn einer noch viel gravierenderen weiteren Erfindung.

Ich spreche vom Automobil.

Vor ca.160 Jahren erfanden kluge Ingenieure einen Motor, der, mit Benzin angetrieben, ein Fahrzeug in Bewegung setzte und in dem eine oder mehrere Personen Platz fanden, die nun bequem von einem Ort zum anderen fahren konnten.

Weil wir Menschen glaubten, dass das Auto eine ganz tolle Erfindung sei, entstanden dann in wenigen Jahren und Jahrzehnten Autofabriken in allen großen Ländern der Welt.

Heute fahren viele Millionen dieser Autos auf unseren Straßen fast überall auf der Welt.

Leider aber benötigten diese Autos zum Betrieb Benzin.

Und dieses Benzin wird aus Erdöl gewonnen, das wir Menschen in den vergangenen Jahrzehnten in so großen Mengen verbraucht und in den Benzinmotoren verbrannt haben, dass es heute schon Schätzungen unserer Wissenschaftler gibt, die vorhersagen, dass die Vorräte an Öl in absehbarer Zeit aufgebraucht sein werden.

Noch viel schlimmer aber war und ist bis heute, dass nämlich das in den Automotoren verbrannte Benzin ganz schlimme, schädliche Abgase produziert.

Diese Abgase sind so giftig, dass man stirbt, wenn man den Motor eines Autos in einer geschlossenen Garage laufen lässt und das giftige Gas Kohlenmonoxid einatmet.

Jetzt wirst du sicher verstehen, weshalb die Autos mit am meisten daran schuld sind, dass unsere Umwelt heute so verschmutzt ist.

Das ist aber immer noch nur eine der Ursachen für den großen Schleier, den du so oft sehen kannst, wenn du von deiner Wolke auf unsere Erde herabschaust.

Wir Menschen glauben ja, die einzigen intelligenten Lebewesen auf unserer Erde zu sein.

Das mag zwar in vielerlei Hinsicht stimmen, aber vieles, was aus unserer menschlichen Intelligenz entsprungen ist, hat leider auch zu den heutigen großen Umweltproblemen geführt.

Schon als wir begannen ganze Wälder abzuholzen, weil wir das Holz zum Bauen unserer Hütten brauchten, und das Land rodeten, um unsere Dörfer darauf zu errichten, haben wir nicht daran gedacht, dass die Blätter der Bäume eine ganz wichtige Funktion in der Natur haben, um unsere Luft zu filtern.

Die Blätter der Bäume nehmen nämlich das schädliche Kohlendioxid aus der Luft auf und verwandeln es in Sauerstoff.

Aber leider, liebes Bengelchen, sind das immer noch nicht alle Schäden, die wir Menschen an unserer Umwelt begingen und noch immer begehen.

Unsere Industrie, die damit beschäftigt ist, alle Produkte herzustellen, die wir in unserem Leben glauben besitzen zu müssen, verursacht eine große Menge von Schadstoffen.

Metalle wie Blei, Farbstoffe, Ammoniak, chemische Abfallprodukte und vieles mehr gelangen während und nach den

Produktionsprozessen in die Luft, in die Flüsse, die Meere und in die Böden.

Ein ganz schlimmes Beispiel sind die Abfälle von Plastikverpackungen, die heute schon große Bereiche der Meeresböden verunreinigen.

Dort werden sie dann von den Mikroorganismen aufgenommen und landen über die Nahrungsketten in den Körpern von Fischen, Schildkröten und Seevögeln.

Viele dieser Tiere sterben dann daran.

Eine weitere, ganz große Gefahr besteht für die Menschheit auch durch die Nutzung der Atomenergie.

Es gab auf unserer Welt vor nicht allzu langer Zeit einen ganz großen Krieg, den Zweiten Weltkrieg, der erst im Jahr 1945 endete.

Zum ersten Mal in der Menschheitsgeschichte wurden da Atombomben als Waffen eingesetzt und töteten in Hiroshima und Nagasaki in Japan mehr als 100 000 Menschen.

Glücklicherweise haben wir durch diese schrecklichen Erfahrungen verstanden, dass der Einsatz von Atomwaffen ein nicht zu kontrollierendes Unheil über die Menschheit bringen kann, ja diese Katastrophen haben vielleicht sogar konventionelle Kriege verhindert, weil die großen Atommächte immer mit dem Risiko leben mussten, dass der Feind eventuell Atomwaffen als letztes Mittel einsetzen würde.

Aber auch die friedliche Nutzung der Atomenergie kann für unsere Umwelt, aber auch für uns Menschen sehr gefährlich sein.

Atomenergie wird nämlich in vielen Ländern der Erde in Atomreaktoren eingesetzt, um damit Strom zu erzeugen.

Was dabei aber passieren kann, mussten wir im Jahr 1986 in Tschernobyl erleben, wo ein Atomreaktor explodierte, und wenige Jahre später, im Jahr 2011 in Fukushima in Japan, wo ein Atomreaktor nach einem Seebeben zerstört wurde.

In beiden Fällen wurden große Mengen radioaktiver Strahlen freigesetzt und viele Menschen starben daran.

Aber auch wenn keine Unfälle passieren, bringt die Nutzung von Atomenergie viele Probleme mit sich, für deren Lösung wir bis heute keine befriedigenden Antworten haben.

So z. B. wissen wir Menschen immer noch nicht genau, wo und wie wir die ausgebrannten Atombrennstäbe entsorgen und lagern sollen, denn diese geben noch Millionen Jahre radioaktive Strahlung ab."

„Aber Mama", sagte Bengelchen.

„Das ist ja alles ganz schlimm, was du mir da über die Umweltverschmutzung erzählst. Und ich hatte euch Menschen immer beneidet, wenn die Erde mal nicht von der grauen Wolke bedeckt war und ich sie als schöne, blaue Kugel im All schweben sah. Macht ihr Menschen denn gar nichts, um diese Probleme zu lösen?"

„Doch, Bengelchen. Wir haben inzwischen schon begriffen, dass wir nur eine Welt haben, auf der wir leben, wir haben begriffen, dass wir so wie bisher nicht weiter machen dürfen.

Wir haben verstanden, dass wir unseren Kindern und Enkelkindern Gegenüber eine Verpflichtung haben ihnen eine Welt zu übergeben, auf der sie auch in Zukunft noch glücklich werden leben können.

Der wichtigste Punkt hierbei ist, dass wir lernen müssen neue, saubere Energiequellen zu erschließen, und glücklicherweise haben wir in diesen Bereichen auch schon große Fortschritte erzielt."

Heute musst du dein schönstes Kleid anziehen, denn heute gehen wir in die Kirche."

„In die Kirche, was ist denn das?", fragte Bengelchen.

„Bengelchen, eine Kirche ist ein großes Haus, wo wir glauben, dass dort der liebe Gott wohnt und wo wir zu ihm beten."

„Wer ist denn der liebe Gott und was bedeutet beten"?

„Bengelchen, das ist nicht leicht dir auf diese Frage eine Antwort zu geben, denn auch wir Erwachsenen tun uns schwer damit, diese Frage zu beantworten.

Es ist sehr schwierig dir zu erklären, wie du dir Gott vorstellen sollst denn kein Mensch hat Gott je gesehen.

Du sollst aber zuerst wissen, dass es in unserer Welt verschiedene Religionen gibt.

Es gibt das Christentum, den Islam, das Judentum, den Buddhismus und den Hinduismus. Neben diesen großen Weltreligionen gibt es aber noch viele andere Religionen, die alle ihren eigenen Gott verehren und zu ihrem Gott beten.

Beten heißt zu seinem Gott sprechen, ihn im Gebet darum zu bitten, dass er uns beschützt und er für Frieden in der Welt sorgt und wenn wir oder uns nahestehende Menschen krank sind, dann bitten wir unseren Gott, dass er helfen möge wieder gesund zu werden.

Wir bitten unseren Gott aber auch darum, dass er uns unsere Sünden vergibt."

„Sind Sünden denn was Schlimmes?", fragte Bengelchen.

„Bengelchen du musst wissen, dass die Religionen versuchen uns zu sagen was gut und was böse ist.

Das kann ich dir an einem ganz einfachen Beispiel erklären.

Wenn meine Tochter Susi z. B. eine Tafel Schokolade hat und du diese gerne haben möchtest, dann musst du sie bitten, dass sie sie dir gibt.

Du darfst ihr die Schokolade nicht einfach wegnehmen.

Wenn du das nämlich machst, dann begehst du eine Sünde, dann stiehlst du sie ihr und du verstößt gegen das Gebot:

„DU SOLLST NICHT STEHLEN".

Oder ich gebe dir noch ein Beispiel für ein anderes Gebot; das lautet:

„DU SOLLST NICHT LÜGEN",

das heißt dass du immer die Wahrheit sagen musst, du darfst also nicht schummeln, wenn du dieses Gebot befolgen willst.

In unserer christlichen Religion gibt es 10 Gebote die wir befolgen sollen.

Nun weißt du aber immer noch nicht, wie du dir den lieben Gott vorstellen sollst.

Natürlich ist es schwer an etwas zu glauben, dass man nicht kennt, das man nicht gesehen hat.

Vielleicht kannst du es besser verstehen, wenn ich dir wieder ein Beispiel gebe.

Schau, Bengelchen, gerade atmest du Luft ein sonst könntest du ja nicht leben.

Du siehst aber die Luft nicht, die du einatmest, und trotzdem ist sie da.

Und du siehst auch nicht, dass die Luft Sauerstoff enthält, der für uns alle ja lebensnotwendig ist.

Vielleicht kannst du dir Gott am besten vorstellen, wenn du Gott in dem Wort LIEBE suchst.

Gott nämlich will, dass wir unser Leben in Liebe leben und Gott sagt, dass wir ihm dann ganz nahe sind, auch wenn wir ihn nicht sehen.

Wenn du jetzt gleich in der Kirche sein wirst, dann wird dir etwas auffallen.

Du wirst ein großes hölzernes Kreuz sehen, an dem ein fast nackter Mann aufgehängt ist.

Wenn du genau hinsiehst, dann wirst du sehen, dass dieser Mann an das Kreuz genagelt wurde, indem man ihm durch Hände und Füße Eisennägel durchgeschlagen hat.

Diese Figur stellt Jesus Christus dar und in unserer christlichen Religion glauben wir, dass er Gottes Sohn ist.

Vor ganz langer Zeit, vor mehr als 2000 Jahren, wurde ein Kind in Bethlehem als Sohn der Eltern Maria und Josef geboren.

Als dieses Kind, das damals schon als Sohn Gottes angekündigt worden war, erwachsen wurde, begann es zu predigen.

Er sprach zum Volk und wollte in seinen Reden vor allem das Wort NÄCHSTENLIEBE verbreiten.

Viele Menschen folgten seinen Worten, viele Menschen waren bereit seiner Botschaft zu glauben, so viele, dass bei den Herrschenden die Angst aufkam, dass dieser Jesus dem römischen Kaiser gefährlich werden könnte.

Ein Mann mit dem Namen Pilatus erhielt daraufhin den Auftrag Jesus zu verhaften und der Amtsanmaßung anzuklagen und schließlich vor einem römischen Gericht zum Tod am Kreuz zu verurteilen.

Bevor Jesus am Kreuz starb, rief er Gott Vater an mit den Worten:

„MEIN GOTT, WARUM HAST DU MICH VERLASSEN"

Die gläubigen Christen schlossen aus diesen Worten, dass Jesus seinen eigenen Leib, sein Leben geopfert hatte, um die Menschen von ihren Sünden zu befreien."

„Woher weiß man all das, was vor so langer Zeit geschah?", fragte darauf Bengelchen.

„Bengelchen, das alles weiß man natürlich nicht ganz genau, man kann es auch nicht beweisen. Man muss es einfach glauben, wenn man ein gläubiger Christ ist.

Es gibt aber ein Buch in dem alles niedergeschrieben ist.

DIE BIBEL

Die Bibel besteht aus einem ALTEN TESTAMENT und dem NEUEN TESTAMENT.

Verfasst wurde das NEUE TESTAMENT von Markus, Matthäus, Lukas, Johannes und vielen anderen Menschen die später von Jesu Botschaften Kenntnis erhalten und ihr Wissen niedergeschrieben haben.

Aufmerksam hörte Bengelchen zu als der Pfarrer seine Predigt, in der er vom Leben und Sterben Jesu berichtete, beendete mit der Bitte, alle Mitmenschen zu lieben.

Als sich am Ende des Gottesdienstes alle Besucher der heiligen Messe die Hände reichten, da musste Bengelchen an seine Engelsbrüder und Engelsschwestern denken die auf ihren Wolken lebten, und Bengelchen faltete seine Hände und betete:

„Bitte, lieber Gott, pass gut auf meine Engelsbrüder und Engelsschwestern auf bis zu dem Zeitpunkt, an dem ich wieder bei ihnen sein werde!"

„Mama, was ist reich?"

„Bengelchen, wie kommst du denn auf diese Frage?"

„Ich habe gehört, wie Lisa, Susis Freundin gesagt hat: Meine Eltern sind ganz reich. Wir fahren ein großes Auto, wohnen in einem schönen Haus und Papa erzählt immer, dass wir schon wieder mehr Geld auf dem Konto bei der Bank haben."

„Bengelchen, ganz einfach gesagt ist reich das Gegenteil von arm. Oberflächlich ausgedrückt meint man, dass jemand, der viel Geld hat, reich und jemand, der wenig Geld hat, arm ist.

Das stimmt so einfach gedacht aber überhaupt nicht.

Nimm z. B. unsere Familie.

Wir haben zwar nicht viel Geld auf dem Konto bei der Bank, aber wir besitzen einen schönen Bauernhof, wir haben ein paar Kühe und Schweine im Stall, Papa und Mama sind ganz gesund und der liebe Gott hat uns mit zwei ganz reizenden, lieben Kindern gesegnet.

Das, liebes Bengelchen, betrachte ich als ganz reich.

Ich gebe dir ein anderes Beispiel, damit du die Bedeutung von arm oder reich besser verstehen kannst.

Denk an einen Millionär, also einen Menschen, der ganz viel Geld hat.

Stell dir vor, dass dieser Mann eines Tages von seinem Doktor erfährt, dass er sehr krank ist und vielleicht sogar bald sterben muss.

Glaubst du, dass sich dieser Mann nun, nachdem er das erfahren hat, noch als reich betrachtet?

Nein, Bengelchen, dieser Mann fühlt sich nun ganz arm und glaube mir, er würde seinen ganzen Reichtum hergeben, wenn er nur wieder gesund sein könnte.

Bei dem Wort ‚arm', liebes Bengelchen, da glaube ich, dass dieses Wort schon eher in Bezug zu Geld steht.

Hier bei uns in Deutschland gibt es zwar auch viele Menschen, die mit wenig Geld ihr Leben bestreiten müssen.

Zum Glück gibt es aber in unserem Land eine Einrichtung, man nennt sie Sozialhilfe, die dafür sorgt, dass auch die ganz armen Menschen Geld für Essen und Kleidung bekommen und eine kleine Wohnung anmieten können.

Auch wenn diese armen Menschen krank werden, können sie ärztliche Hilfe in Anspruch nehmen und brauchen auch bei einem Krankenhausaufenthalt nichts dafür bezahlen.
Ganz anders sieht es aber in anderen Ländern aus, wir sagen dazu in unterentwickelten Regionen, wie z. B. in Afrika oder Südamerika.
Dort gibt es Staaten, in denen die wirtschaftliche Situation so schlecht ist oder die seit vielen Jahren von Kriegen heimgesucht werden oder aber in denen sich das Klima in den letzten Jahren derart verschlechtert hat, dass dort die Bauern keine Landwirtschaft mehr betreiben können und deshalb viele Kinder und Tiere vor Hunger sterben."
„Können denn dann die Länder, die nicht so arm sind, diesen armen Ländern nicht helfen, indem sie ihnen Geld, Lebensmittel und andere Hilfsgüter zukommen lassen?"
„Doch, Bengelchen, das wird schon gemacht. Es gibt deshalb in den reichen Industriestaaten eine sogenannte Entwicklungshilfe.
Diese Entwicklungshilfe wird dadurch finanziert, dass diese Länder von ihrem Staatshaushalt, also dem gesamten Geld, das sie erwirtschaften, einen bestimmten Teil für die armen Länder abgeben und diese Gelder dann den armen Ländern zur Verfügung gestellt werden.
Leider aber reichen diese Gelder bei weitem nicht aus, um die Armut in den Ländern der Dritten Welt zu besiegen.
Das, liebes Bengelchen, ist auch der Grund, weshalb wir jeden Abend zu unserem lieben Gott beten mit den Worten:
„UNSER TÄGLICHES BROT GIB UNS HEUTE."

„Mama", fragte Bengelchen, „als du mir erklärt hast, was arm
bedeutet, da hast du gesagt, dass viele arme Menschen in Ländern
wohnen, wo Krieg herrscht.
Was ist denn Krieg?"
„Bengelchen, vielleicht ist es einfacher, wenn ich zuerst versuche dir
den Begriff FRIEDEN zu erklären.
Nimm z. B. unsere Familie.
Wir alle haben uns lieb, wir streiten nicht oft und ganz besonders
wichtig ist, dass wir uns gegenseitig respektieren und tolerant sind.
Und ganz oft wirst du in unserer Familie die Worte BITTE und DANKE
hören.
So ähnlich ist es auch, wenn die Menschen mit anderen Ländern in
Frieden leben.
Dann haben sie regelmäßig untereinander Kulturaustausch, sie
tragen friedliche Sportwettkämpfe gegeneinander aus, und die
Jugend besucht sich gegenseitig, um die Kultur des anderen Landes
und natürlich auch die Sprache der anderen Nation kennen zu lernen.
Ganz anders ist es, wenn zwei oder mehrere Länder nicht in Frieden
miteinander leben.
Dann beschimpfen sich die Politiker gegenseitig, sie igeln sich ein, das
heißt jede Verbindung zum anderen Land wird weitestgehend
unterbunden und sie begehren Dinge des anderen Landes, die sie
selbst nicht haben.
Ich gebe dir ein Beispiel.
Im Nahen Osten liegen zwei benachbarte Länder, Kuweit und Irak.
Im Irak herrschte ein Diktator mit dem Namen Saddam Hussein.
Dieser Mann regierte sein Land als Diktator, was bedeutet, dass er
keinerlei Opposition zu seinen Taten und Plänen zuließ.
Alle, die seiner Politik nicht folgen wollten, das heißt die in
Opposition zu ihm standen, ließ er verhaften, sperrte sie in
Gefängnisse, wo sie gefoltert und manchmal sogar ermordet
wurden.
Dieser Saddam Hussein schaute immer über die nahe liegende
Grenze ins Nachbarland Kuweit, wo es große Ölvorräte gab.

Dazu musst du wissen, dass Rohöl ein ganz wichtiger Rohstoff ist, denn aus Öl kann man viele Waren produzieren, z. B. Artikel aus Plastik, pharmazeutische Produkte, vor allem aber brauchen die Industrieländer das Öl, um daraus in Raffinerien Benzin herzustellen. Und wie du ja schon gehört hast, als wir von der Umweltverschmutzung gesprochen haben, ist Benzin der Treibstoff, den wir zum Betrieb unserer Automobile benötigen.

Aber auch Flugzeuge, Schiffe und viele andere Maschinen könnten ohne Öl nicht mehr eingesetzt werden.

In den Industrieländern ist das Öl heute der wichtigste Rohstoff, ohne den alle Wirtschaften zusammenbrechen würden.

Dieser Saddam Hussein verfolgte deshalb schon seit vielen Jahren die Idee seinem Nachbarland Kuweit eines Tages diese Ölvorräte zu stehlen.

Er hatte den Plan, im richtigen Augenblick seine Armee nach Kuweit zu schicken, um das Land zu besetzen und sich auf diesem Weg Kuweits Ölvorräte anzueignen.

Was eine Armee ist, fragst du mich?

Eine Armee ist ein militärischer Ausdruck und besagt, dass eine Armee aus ganz vielen Männern und Frauen eines Landes besteht. Diese werden zur Armee eingezogen, das heißt sie müssen dann eine bestimmte Zeit, meist mehrere Jahre oder manchmal sogar ihr ganzes Leben lang in der Armee dienen.

In der Armee lernen die Soldaten dann, wie man mit Waffen umgeht, wie man Panzer, Schiffe und Flugzeuge führt, vor allem aber lernen sie in der Armee Gehorsam ihren Vorgesetzten gegenüber.

Diese Vorgesetzten sind z. B. Generäle, Offiziere oder Unteroffiziere, um nur einige zu nennen.

Als Saddam Hussein seinen Plan entwickelte, eines Tages das Nachbarland Kuweit zu überfallen, da begann er schon viele Jahre im Voraus seine Armee zu vergrößern.

Immer mehr Soldaten zog er in seine Armee ein, immer mehr Panzer, Flugzeuge und Waffen kaufte er im Ausland.

Und dann, eines Tages, als er sich stark genug fühlte, um den Krieg gegen Kuweit zu beginnen, gab er seinen Generälen den Befehl zum Angriff.

Tausende seiner Soldaten drangen daraufhin in Kuweit ein, seine

Panzer feuerten Granaten auf kuweitische Stellungen und seine
Flugzeuge warfen Bomben auf strategisch wichtige Ziele in Kuweit.
Natürlich konnte sich Kuweit dies nicht gefallen lassen und somit
erklärte auch die kuweitische Regierung dem Land Irak den Krieg.
Wie du ja schon im Religionsunterricht gehört hast, lautet eines der
zehn Gebote unserer Religion: DU SOLLST NICHT TÖTEN .
Wenn sich also ein Mensch im normalen Leben nicht an dieses Gesetz
hält, dann wird er in der Regel von einem Gericht zu vielen Jahren
Gefängnis, manchmal sogar zu einer lebenslangen Haftstrafe
verurteilt.
Während eines Krieges aber, das ist das Schlimme und Böse an einem
Krieg, wird ein Soldat, der einen Soldaten der gegnerischen Armee
tötet, sogar noch belohnt und er bekommt für diese schlimme Tat
einen Orden.
Während eines Krieges sterben immer ganz viele Menschen,
Soldaten, aber auch zivile Männer, Frauen und Kinder, viele werden
verwundet und ganze Städte werden von den Bomben verbrannt
und zerstört.
Obwohl wir Menschen inzwischen wissen, dass Kriege etwas ganz,
ganz Schlimmes sind, hat es in unserer Geschichte immer wieder
Kriege gegeben.
Immer wieder mussten Millionen Menschen ihr Leben geben, wurden
ganze Städte und Länder vernichtet und große Gebiete
unbewohnbar gemacht.
Deshalb, liebes Bengelchen, haben unsere führenden Politiker heute
erkannt, wie wichtig der Friede auf unserer Welt ist und dass es für
uns alle die größte Aufgabe ist alles zu tun, um zukünftige Kriege zu
vermeiden."

„Bengelchen", sagte die Bäuerin. „Heute müssen wir Einkaufen gehen und dir ein schwarzes Kleidchen kaufen."

„Ein schwarzes Kleidchen, warum denn das? Ich habe doch so viele schöne weiße Kleider."

„Bengelchen, wir müssen zur Beerdigung unserer Nachbarin, der Frau Meier gehen, die gestern gestorben ist, und da tragen wir alle dunkle Kleider, weil wir alle sehr traurig sind, wenn jemand stirbt, und wir das auch dadurch bezeugen, dass wir keine hellen Kleider oder Kleider mit lustigen Farben tragen, sondern dunkle Kleider."

„Müsst ihr alle einmal sterben?", fragte Bengelchen.

„Ja, Bengelchen, wir alle müssen einmal sterben; die Geburt und der Tod sind die beiden wichtigsten Ereignisse im Leben von uns Menschen.

Unser Leben beginnt mit unserer Geburt. Dies ist der Moment, wenn wir nach 9 Monaten, wo wir im Bauch unserer Mutter gewachsen sind, dann groß genug sind, um geboren zu werden.

Durch die Scheide kommen wir dann ans Licht der Welt – wir werden geboren."

„Mama, erklär` mir doch mal, wie ihr denn überhaupt in den Bauch eurer Mütter gekommen seid?"

„Bengelchen, du bist mir ein ganz schlauer Engel, denn das ist eine Frage, die sich bei uns alle Kinder stellen.

Zuerst musst du wissen, liebes Bengelchen, dass es bei uns Menschen zwei unterschiedliche Geschlechter gibt.

Nimm z. B. meinen Mann, den Bauern, und mich.

Wir zwei unterscheiden uns dadurch, dass die Männer meist viel kräftiger sind als wir Frauen, dass sie mehr Muskeln haben, ihnen ein Bart wächst, vor allem aber, dass sie einen Penis haben.

Wir Frauen dagegen sind meist etwas kleiner, unser Körper hat oft einen größeren Fettanteil, vor allem aber haben wir, im Unterschied zu den Männern, eine Scheide und zwei Brüste.

Wenn wir Menschen ein bestimmtes Alter erreicht haben, so zwischen 13 und 15 Jahren, dann kommen wir in die Pubertät, das heißt in unserem Körper bilden sich Hormone, die uns geschlechtsreif werden lassen.

In dieser Zeit entwickeln wir dann auch erstmals unser Interesse am anderen Geschlecht und wir beginnen miteinander zu flirten.

Flirten heißt, dass wir den Kontakt zum anderen Geschlecht suchen, dass wir Sehnsucht danach haben, viel Zeit mit dem anderen Geschlecht zu verbringen, dass wir später Berührungen suchen und uns küssen.

Küssen bedeutet, dass wir uns gegenseitig mit dem Mund berühren und somit unserer Sympathie Ausdruck verleihen.

Wenn sich ein Junge und ein Mädchen ganz besonders sympathisch finden, dann entsteht bei den beiden aber noch mehr als diese Sehnsucht nach oberflächlichen Zärtlichkeiten, dann entsteht das Verlangen miteinander zu schlafen.

Bei den Jungen wird dann nämlich ihr kleiner Penis ganz groß und steif und sie haben den Wunsch den Penis in die Scheide ihrer Freundin zu stecken.

Auch bei den Mädchen entwickelt sich in dieser Zeit die Sehnsucht nach einer Vereinigung mit den Jungen und wenn es soweit ist, haben die beiden dann Geschlechtsverkehr.

Wenn sie miteinander schlafen, das heißt wenn der Penis des Jungen eine gewisse Zeit in der Scheide des Mädchen ist, dann kommt der Junge zum Höhepunkt der Gefühle und er sondert ein paar Tropfen seines Samens in die Scheide des Mädchens ab."

„Ist denn der Samen so wie der Blumensamen, den ich von unserem Garten kenne?", fragte Bengelchen.

„Nun ja, der Samen der Jungen ist flüssig und in diesem Samen schwimmen ganz viele Millionen lebender Spermien, die du dir wie ganz kleine Fischchen vorstellen musst.

Im Körper des Mädchens wächst vom Zeitpunkt der Geschlechtsreife an jeden Monat ein Ei heran, das nur darauf wartet befruchtet zu werden."

„Die Mädchen haben also so wie die Hühner auch ein Ei im Bauch?", fragte Bengelchen.

„Nicht ganz so, aber es ist schon so ähnlich.

Bei den Mädchen hat das Ei keine harte Schale, sondern es besteht aus fleischigem Gewebe.

So ein Ei wartet nun also jeden Monat darauf, dass es von einem

Spermium aus dem Samen des Jungen befruchtet wird.

Das bedeutet, dass während des Geschlechtsverkehrs, wenn der Junge seinen Samen in die Scheide es Mädchens abgesondert hat, die Millionen Spermien nun einen Wettlauf beginnen und alle versuchen das Ei im Bauch des Mädchens zu erreichen.

Meist aber kommt nur ein Spermium, das Kräftigste, an und befruchtet das Ei, welches im Eileiter des Mädchens liegt und auf die Vereinigung mit dem Spermium wartet.

Der Moment, wenn sich das Spermium mit dem Ei vereinigt, ist der Beginn des neuen Lebens, weil nun die Zellteilung anfängt.

Im winzigen Embryo, der in der Gebärmutterwand eingebettet liegt, teilen sich von nun an Millionen Zellen und der Embryo beginnt zu wachsen, bis das Kind nach 9 Monaten lebensfähig ist und bei der Geburt den Bauch der Mutter durch die Scheide verlässt.

Dies ist der größte Moment im Leben jedes Einzelnen von uns Menschen, denn dies ist der Moment, in dem wir das Licht der Welt erblicken.

Für uns Menschen ist dieser Tag ein ganz besonderes Ereignis, weshalb wir unser ganzes Leben lang an diesem Tag immer unseren Geburtstag feiern.

Wir bekommen von unseren Eltern Geschenke und wir laden unsere Freundinnen und Freunde dann zu einer Geburtstagsparty ein. Unsere Mütter backen für dieses Fest dann immer ganz gute Torten und Kuchen."

„Aber Mama, du hast gesagt, dass sich jeden Monat im Bauch der Frau ein Ei entwickelt. Bedeutet das denn, dass die Frau nun jedes Mal, wenn sie mit ihrem Freund geschlafen hat, ein Kind bekommt?"

„Nein, natürlich nicht, Bengelchen. Unsere Mediziner und Pharmakologen haben nämlich Medikamente entwickelt, die die Frauen einnehmen können, damit sie nicht schwanger werden, auch wenn sie mit ihren Partnern schlafen."

„Und was passiert dann mit diesen Eiern, die nicht befruchtet wurden, legen die Frauen diese Eier dann wie die Hühner in ein Nest?"

„Nein, Bengelchen, so ist das nicht. Immer wenn ein Ei im Bauch der Frau herangewachsen ist und es nicht befruchtet wurde, dann gibt der Körper dieses Ei wieder ab, man nennt das Menstruation.

Gehen wir jetzt aber wieder zurück zum Zeitpunkt unserer Geburt. Da ist es wichtig zu wissen, dass mit dem Moment, wo wir das Licht der Welt erblicken auch schon unser Sterben begonnen hat, denn auch wenn wir gesund sind und lange leben, so können wir Menschen meist nur ein Alter von 80 bis 90 Jahren erwarten. Dann wird unser Körper müde, die Zellteilung geht nur noch ganz langsam voran und am Ende unseres Lebens sterben wir, so wie Frau Meier, zu deren Beerdigung wir in 2 Tagen gehen werden.

So, mein Bengelchen, nun hast du also gelernt, wie unser menschliches Dasein verläuft und nun weißt du, warum wir bei allen fröhlichen Ereignissen, z. B. wenn wir heiraten, meist ein weißes Kleid tragen und warum wir uns dunkel kleiden, wenn wir traurig sind, so z. B. bei einer Beerdigung.

Und Bengelchen, eins müssen oder sollten wir Menschen alle begreifen: wie wichtig es ist, jeden einzelnen Tag zu genießen, lieb zu sein zu unserer Familie und unseren Mitmenschen, denn uns allen ist nur eine kurze Zeit geschenkt, die wir auf unserer, wie du so schön sagst, herrlichen blauen Kugel verbringen dürfen."

Gerade hatten Mama, die Bäuerin, und Bengelchen den Friedhof
verlassen und sich auf den Heimweg gemacht.
Hand in Hand liefen sie über eine bunte Wiese, als Bengelchen auf
einmal ein ganz komisches Geräusch hörte.
Es war ein Rauschen, das immer nur kurz zu hören war, dann war es
wieder ganz still.
Bengelchen schaute in alle Richtungen, konnte aber nicht sehen woher
das komische Geräusch kam.
Da schaute Bengelchen mal in die Luft und was es da sah, ließ es fast
das Atmen vergessen.
Eine große bunte Kugel schwebte, nicht allzu hoch über ihren
Köpfen, in der Luft und Bengelchen erkannte nun auch, woher das
seltsame Geräusch kam.
Unter der Kugel hing ein kleiner Korb und darin stand ein Mann.
Dieser hielt so etwas wie eine Pumpe in der Hand, und immer, wenn ein
Feuerstrahl aus der Pumpe austrat, hörte man das Geräusch.
„Mama, Mama, schau mal! Was ist denn das für eine komische Kugel,
die da in der Luft fliegt?"
Die Bäuerin musste lachen, weil sich Bengelchen so über die große
Kugel aufregte und erklärte ihrem Bengelchen:
„Bengelchen, was du da siehst, ist ein Heißluftballon.
Dieser Ballon kann fliegen, weil der Mann im Korb immerzu heiße
Luft in die Ballonhülle bläst und weil die heiße Luft leichter ist als
normale Luft, bekommt der Ballon Auftrieb und kann deshalb fliegen.
Bengelchen, wenn sich ein Ballon in der Luft bewegt, dann sagt man
aber nicht, er fliegt, sondern man sagt: Er fährt.
Warum das so ist, kann ich dir aber auch nicht sagen.
„Willst du, dass wir mal zusehen, wenn der Ballon landet?"
„Au ja, das wär` fein."
Die Bäuerin und Bengelchen sahen nun, wie sich der Ballon
allmählich immer niedriger in der Luft bewegte und schließlich, nicht
weit von ihnen entfernt, auf einer Wiese landete.
Zwei Männer, die der Fahrt des Ballons in ihrem Auto gefolgt waren,
fingen nun eine Leine auf, die der Ballonfahrer ihnen
entgegengeworfen hatte, und hielten den Ballon fest.
Der Mann im Korb des Ballons hatte inzwischen seinen Korb

verlassen und gemeinsam zogen sie den Ballon nun auf den Boden und begannen die Luft aus dem Bauch des Ballons zu drücken.
Die Ballonhülle, ein fester Plastikmantel, wurde allmählich ganz schlaff und am Ende, als alle Luft aus dem Ballon entwichen war, falteten die drei Männer den Ballon sorgfältig zusammen und verstauten ihn auf der Ladefläche des Autos.
Die Bäuerin wechselte noch einige Worte mit dem Ballonfahrer. Es war nämlich einer der Nachbarn aus ihrem Ort.
Dann setzten die Bäuerin und Bengelchen ihren Weg nach Hause fort.
Der Bäuerin war inzwischen schon aufgefallen, dass Bengelchen seit längerem kein Wort mehr gesagt hatte, sondern nur noch grübelte.
„Bengelchen, geht es dir nicht gut, weil du auf einmal so still bist?"
„Mama", antwortete da Bengelchen, „doch mir geht es gut, aber ich habe jetzt die ganze Zeit überlegt, ob ein solcher Ballon auch
ganz hoch in den Himmel fahren könnte.
Mama, du weißt ja, wie gerne ich bei euch bin und wie gerne ich euch und all die Tiere habe.
Aber Mama, wahr ist auch, dass ich ganz oft an meine Engelbrüder und Engelschwestern denken muss und, ehrlich gesagt, dass ich große, große Sehnsucht habe, sie mal wieder zu sehen.
Und da habe ich mir überlegt, ob ich wohl mit so einem Ballon zu ihnen hochfahren könnte.
Meinst du, das würde gehen?"
„Bengelchen, ich glaube schon, dass das möglich sein sollte.
Ich werde heute Abend also mal unseren Nachbarn anrufen und fragen, ob er einen Ballon so herrichten könnte, dass du damit hoch zu deiner Wolke fahren könntest."

Gerade hatten Mama, die Bäuerin, und Bengelchen den Friedhof
verlassen und sich auf den Heimweg gemacht.
Hand in Hand liefen sie über eine bunte Wiese, als Bengelchen auf
einmal ein ganz komisches Geräusch hörte.
Es war ein Rauschen, das immer nur kurz zu hören war, dann war es
wieder ganz still.
Bengelchen schaute in alle Richtungen, konnte aber nicht sehen,
woher das komische Geräusch kam.
Da schaute Bengelchen mal in die Luft und was es da sah, ließ es fast
das Atmen vergessen.
Eine große bunte Kugel schwebte, nicht allzu hoch über ihren
Köpfen, in der Luft und Bengelchen erkannte nun auch, woher das
seltsame Geräusch kam.
Unter der Kugel hing ein kleiner Korb und darin stand ein Mann.
Dieser hielt so etwas wie eine Pumpe in der Hand, und immer, wenn ein
Feuerstrahl aus der Pumpe austrat, hörte man das Geräusch.
„Mama, Mama, schau mal! Was ist denn das für eine komische Kugel,
die da in der Luft fliegt?"
Die Bäuerin musste lachen, weil sich Bengelchen so über die große
Kugel aufregte und erklärte ihrem Bengelchen:
„Bengelchen, was du da siehst, ist ein Heißluftballon.
Dieser Ballon kann fliegen, weil der Mann im Korb immerzu heiße
Luft in die Ballonhülle bläst und weil die heiße Luft leichter ist als
normale Luft, bekommt der Ballon Auftrieb und kann deshalb fliegen.
Bengelchen, wenn sich ein Ballon in der Luft bewegt, dann sagt man
aber nicht, er fliegt, sondern man sagt: Er fährt.
Warum das so ist, kann ich dir aber auch nicht sagen.
„Willst du, dass wir mal zusehen, wenn der Ballon landet?"
„Au ja, das wär` fein."
Die Bäuerin und Bengelchen sahen nun, wie sich der Ballon
allmählich immer niedriger in der Luft bewegte und schließlich, nicht
weit von ihnen entfernt, auf einer Wiese landete.
Zwei Männer, die der Fahrt des Ballons in ihrem Auto gefolgt waren,
fingen nun eine Leine auf, die der Ballonfahrer ihnen

entgegengeworfen hatte, und hielten den Ballon fest.

Der Mann im Korb des Ballons hatte inzwischen seinen Korb verlassen und gemeinsam zogen sie den Ballon nun auf den Boden und begannen die Luft aus dem Bauch des Ballons zu drücken.

Die Ballonhülle, ein fester Plastikmantel, wurde allmählich ganz schlaff und am Ende, als alle Luft aus dem Ballon entwichen war, falteten die drei Männer den Ballon sorgfältig zusammen und verstauten ihn auf der Ladefläche des Autos.

Die Bäuerin wechselte noch einige Worte mit dem Ballonfahrer. Es war nämlich einer der Nachbarn aus ihrem Ort.

Dann setzten die Bäuerin und Bengelchen ihren Weg nach Hause fort.

Der Bäuerin war inzwischen schon aufgefallen, dass Bengelchen seit längerem kein Wort mehr gesagt hatte, sondern nur noch grübelte.

„Bengelchen, geht es dir nicht gut, weil du auf einmal so still bist?"

„Mama", antwortete da Bengelchen, „doch mir geht es gut, aber ich habe jetzt die ganze Zeit überlegt, ob ein solcher Ballon auch ganz hoch in den Himmel fahren könnte.

Mama, du weißt ja, wie gerne ich bei euch bin und wie gerne ich euch und all die Tiere habe.

Aber Mama, wahr ist auch, dass ich ganz oft an meine Engelbrüder und Engelschwestern denken muss und, ehrlich gesagt, dass ich große, große Sehnsucht habe, sie mal wieder zu sehen.

Und da habe ich mir überlegt, ob ich wohl mit so einem Ballon zu ihnen hochfahren könnte.

Meinst du, das würde gehen?"

„Bengelchen, ich glaube schon, dass das möglich sein sollte.

Ich werde heute Abend also mal unseren Nachbarn anrufen und fragen, ob er einen Ballon so herrichten könnte, dass du damit hoch zu deiner Wolke fahren könntest."

Wie die Bäuerin Bengelchen versprochen hatte, sprach sie noch am gleichen Abend mit dem Nachbarn und fragte ihn, ob Bengelchen mit einem Ballon hoch zu seiner Wolke fahren könnte; und ihr wurde gesagt, dass dies möglich sei.

Daraufhin vereinbarte die Bäuerin gleich einen Termin für das Wochenende, an dem der Nachbar einen Ballon für Bengelchen so vorbereiten sollte, dass Bengelchen damit bis zu seiner Wolke würde hochfahren können.

Nun also war es soweit.

Der Nachbar hatte die Ballonhülle im Hof von Bengelchens Eltern abgeladen und begann nun Heißluft in die Ballonhülle zu blasen.

Susi, Maxi, der Bauer und die Bäuerin und alle Tiere standen traurig im Hof und sahen zu, wie der Bauch des Ballons immer dicker wurde.

Bengelchen hatte über sein weißes Engelkleidchen einen dicken Mantel angezogen, denn der Ballonfahrer hatte gesagt, dass es hoch oben im Himmel ganz schön kalt werden würde.

Bengelchen hielt die Hand seiner Mama ganz fest gedrückt und dicke Tränen liefen ihm über die Wangen.

Die Tiere konnten natürlich nicht weinen, aber auch sie waren alle ganz traurig, dass Bengelchen, das in der Zeit seit seiner Ankunft auf dem Bauernhof ein ganz enger Teil ihrer Familie geworden war, sie nun verlassen würde.

Der Ballonfahrer sagte Bengelchen noch genau, dass bei Ankunft bei seiner Wolke es sich nur ganz fest am Wolkenrand festhalten sollte, um dann, so wie es es beim Besteigen des Pferdes gemacht hatte, sich auf seine Wolke hinüberzuschwingen.

Nun stand der Ballon schon aufrecht und der Ballonfahrer sagte zu Bengelchen:

„Jetzt schnell, rein mit dir in den Korb!"

Noch einmal drückte Bengelchen der Bäuerin, ihrem Mann und Maxi und Susi einen Kuss auf die Wange und stieg in den Korb des Ballons.

„Bengelchen, ich lass jetzt los!", rief der Ballonfahrer, gute Reise!"

Langsam erhob sich der Ballon in die Luft und Bengelchen blickte ein letztes Mal auf all die lieben Menschen und Tiere hinab, die es so sehr ins Herz geschlossen hatte, seit es auf dem Bauernhof angekommen war.

Als der Ballon schon hoch im Himmel fuhr und kaum noch zu sehen war, begann es auf einmal auf die versammelten Menschen und Tiere auf dem Bauernhof zu regnen und alle wussten:

„Das ist kein Regen, sondern das sind Bengelchens Tränen."

**WEITERE VERÖFFENTLICHUNGEN DES AUTORS
GÜNTER SCHMIEDER**

**DIETER ICH BIN EINE JÜDIN
GEDANKEN ÜBER DEN SINN DES LEBENS
POEMES D`AMOUR AN DAS MYSTERIUM FRAU
SACHEN GIBT'S DIE GIBT ES DOCH
BENGELCHEN ERKUNDET DIE WELT**